公元787年，唐封疆大吏马总集诸子精华，编著成《意林》一书6卷，流传至今
意林： 始于公元787年，距今1200余年

Mini Miss 出品

纯正+阳光+向上
为中国女生量身打造优质课外读物

淑女文学馆
生肖萌萌兽系列
004

如意萌萌兽

陈痴 著

呜!
见习灵猪
不好当 ①

长江出版社

小小姐 Mini Miss 出品

版权所有　侵权必究

图书在版编目（CIP）数据

如意萌萌兽. 呜！见习灵猪不好当. 1 / 陈痴著. —
武汉：长江出版社，2019.2
ISBN 978-7-5492-6322-6

Ⅰ. ①如… Ⅱ. ①陈… Ⅲ. ①长篇小说 – 中国 – 当代
Ⅳ. ①I247.5

中国版本图书馆CIP数据核字（2019）第034218号

如意萌萌兽：呜！见习灵猪不好当①
RUYI MENGMENG SHOU：WU！JIANXI LINGZHU BUHAODANG①

出　　版	长江出版社
	（武汉市解放大道1863号）
选题策划	阿　朱
市场发行	长江出版社发行部
网　　址	http://www.cjpress.com.cn
责任编辑	李　恒
特约编辑	张玉玲
绘　　画	叮咛叮咛　Easiyu.羽
封面设计	胡静梅
装帧设计	王　宁
印　　刷	嘉业印刷（天津）有限公司
版　　次	2019年2月第1版
印　　次	2019年3月第1次印刷
开　　本	880mm×1230mm　1/32
印　　张	6.5
字　　数	177千字
书　　号	ISBN 978-7-5492-6322-6
定　　价	24.90元

版权所有　盗版必究（举报电话：027-82926804）
（如发现印装质量问题，请与印务部联系退换，电话：010-51908584）

为中国女生量身打造优质课外读物

文◎《意林·小淑女》书系总策划 阿 朱

2010年1月,意林集团专门为女孩量身定做的读物《意林·小淑女》诞生了。创办之初,《意林·小淑女》旗帜鲜明地打出口号——"女孩都是小淑女,小MM陪你优雅过花季"。"淑女"取意为"内心美好、品质优秀的女孩",明确为中国8~18岁的优质女孩服务,以"帮助女孩在快乐阅读中提高文学修养和综合素质"为宗旨,坚持"纯正、阳光、向上"的风格导向,内容着眼于"青春、梦想、成长、励志",以期打造全新的、真正适合女孩阅读的健康课外读物。

凭借这样的精准定位和独特理念,《意林·小淑女》上市后,很快赢得女孩们的喜爱,在校园中引起巨大反响,女孩们表示:"终于有女生的专门读物了!超级好看!"家长和老师也纷纷给出"孩子看后成长了很多""孩子的作文水平明显提高了"之类的积极反馈。2011年6月,在读者的热烈要求下,《意林·小淑女》在坚持宗旨、质量不变的前提下,出版频率加快,由原来的每月一期增加为每月两期;同年10月,《意林·小淑女》月发行量突破50万册,潜在读者超过80万人,其作为优质女孩喜爱的健康课外读物的地位逐渐形成,而迅猛增长的销售业绩也引来业界的极大关注,开始得到一些同行的模仿和追随,市面上类似风格的女孩读物相继出现(当然,最后能经得住市场检验的很少)。

2010年7月,《意林·小淑女》开始涉足图书出版领域,编辑部陆续推出《蔷薇少女馆(全套)》《迷藏(Ⅰ~Ⅳ)》《悠莉宠物店(全套)》《七寻记(Ⅰ~Ⅵ)》《钢琴小淑女(第一季~第六季)》《星愿大陆(①~⑨)》《现在是女生时代(①~⑤)》及"浪漫星语"十二星座小说系列等数十种图书,这些书在全国中小学校园中广为流传,无数小读者为之痴迷、陶醉,"《意林·小淑女》出品的图书本本畅销"这一观点也成为众多书店、经销商的共识。"《意林·小淑女》现象"逐渐成为一种社会现象,为各方所津津乐道。

2012年,创办满两周年的《意林·小淑女》步入加速发展轨道,编辑部创造性地提出"女生文学"概念,并希望将之上升到与儿童文学、青春文学并列的重要文学形态,《意林·小淑女》专注于为成长中的女孩服务的想法也更加清晰,编辑部计划在未来几年内,以每年出版几十种新书的速度,采用短篇文集、长篇小说、原创漫画、故事绘本等多种类型齐头并进的形式,为女孩们提供一批有规模、有质量、有品位的精品读物,打造中国女生喜爱的文学品牌。

在2012年7月之后出版(或修订)的所有《意林·小淑女》"淑女文学馆"系列新书中,我们都会特别放置这篇名为《为中国女生量身打造优质课外读物》的文章,来阐述我们对于建设中国女生文学以及推动女生健康阅读的崭新理念与思考。

★ **女生一定要选择适合自己的女生文学读物**

首先，什么是女生文学？

《意林·小淑女》所定义的女生文学是指专门为女孩（特指8~18岁女孩）创作并适合女孩阅读的、符合女孩心理特点和审美要求、有利于女孩身心健康发展的各种文学作品。简单来说，就是所有适合女孩阅读的健康课外读物。

目前，国内未成年人的文学阅读笼统地分为儿童文学、青春文学等大类，市场上很难找到专门针对女孩创作的有规模、系统化的读物。事实上，女孩和男孩的大脑结构不同，思维方式、理解能力、审美要求不同，在阅读上也要区分性别，选择不同的读物。

《意林·小淑女》系列读物立足于女孩性别特点，专门为女孩量身打造，是专属于女孩们自己的读物，合乎年纪，合乎趣味，外观时尚、唯美、优雅，内容纯正、阳光、向上，是真正适合女孩阅读的健康课外读物，带给女孩全新的阅读体验。

★ **女生通过阅读女生文学读物提升写作能力，获取成长养分**

8~18岁正是快速吸收养分、奠定阅读基础的黄金年龄，对于女孩一生的成长至关重要。《意林·小淑女》提倡女生文学要打破市场常规，"从低幼儿童文学及少女言情中解放出来"，以深浅适度、风格纯正、健康向上、可读性与文学性兼具的内容，帮助女孩在快乐阅读中提高阅读理解能力、作文写作能力，汲取成长经验、成长智慧，全面提升素质。

在故事类型上，《意林·小淑女》系列读物既有贴近女孩生活和心灵的校园故事、成长故事、亲情友情故事等，又有极富想象力的冒险故事、幻想故事等，每篇文章的选取都将标准锁定为"题材新颖、内容阳光、主题积极向上、文风优雅纯正"，并坚持拒绝浅薄幼稚、庸俗无聊、花哨言情等无内涵的文章。女孩们在健康文学的长期熏陶下，语感增强了，素材丰富了，思维开阔了，自然能做到心中有故事、下笔有话说，不再为作文犯愁；同时，这些文章里蕴涵的温暖励志内核，诸如阳光、善良、真诚、包容、坚强、勇敢、善解人意、独立有主见等精神，都能激发女孩正面心态的能量，帮助她们成长为内心强大的女孩，为将来的人生打底。

★ **女生文学读物要品质化、品牌化、系统化**

《意林·小淑女》创办的时间不长，但读者的忠诚度、信赖度和美誉度在国内首屈一指，已经形成明显的品牌优势，它集"好看""清新""唯美""阳光""优雅""品位"等各种美好感觉于一身，始终以女孩的阅读感受为根本，全心全意为女孩服务，专心致志打造一流读物、精品读物。

读者的认可和喜爱，得益于《意林·小淑女》对文稿质量近乎苛刻的严格把关。为《意林·小淑女》供稿的作者，既有实力派中青年儿童文学作家，又有青春新锐派文学作者,编辑部每月收到近千封来稿,经过反复筛选、修改,优中选优,最终确定30篇左右刊出;对于长篇图书出版,编辑部始终坚持"用心、专业、永续经营"的理念,不追求过度商业化、批量化生产,每一本书稿都精雕细琢、反复打磨,已出版的每一本图书几乎都成为业内畅销书经典,而《意林·小淑女》所倡导的女生文学概念及标准也成为业内标杆,引来众多同行追随。

除此之外,编辑部与一大批有潜力的青年作者建立了长期的独家合作关系,这些作者通过《意林·小淑女》、网络、电话、读者见面会等各种渠道,常年坚持在第一线与读者互动,倾听读者心声,保持创作活力源源不断。目前《意林·小淑女》独家签约作者的队伍仍在不断壮大,我们希望用几年甚至十几年的时间,形成有较大社会影响力的专业化女生文学创作基地。

为避免女孩因为阅读口味单一而造成阅读面、知识面过于狭窄,《意林·小淑女》除了做好文学类图书外,也努力开发适合女孩阅读的其他类别读物,比如励志、科普、时尚、生活类选题,同时力求经营品种以及传播途径上的多样化,依托原创精品内容,开发数字化传播、动漫、影视、游戏、周边产品、女生网络社区等,做好精品故事的深度经营,构筑全产业链发展模式。在销售渠道上,除传统的零售、邮局、校网等,我们逐渐在各地设立女生文学专柜和品牌专卖店,力争让读者随手可取,购买方便。

★ 为女孩营造愉快的阅读体验

《意林·小淑女》系列读物无论在内容还是包装上都具有较高的辨识度,为了方便读者寻找,我们对2012年7月之后出版(或修订)的新书做了统一规划:

○认准独家标志

《意林·小淑女》出品的所有图书,在腰封和封底上都有"意林""Mini Miss出品·女生文学"的独家标志(图1);在书脊上,除了"意林"以及"Mini Miss"字体logo外,每本书还特别放置了"封面女孩"形象(图2),便于读者辨认和收藏;在前、后勒口上,每本书都有"纯正、阳光、向上,为中国女生量身打造优质课外读物"的字样(图3)。

图1

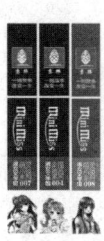

图2

图3

○识别编号

《意林·小淑女》出品的所有图书都将逐渐归于"淑女文学馆""淑女漫绘馆""淑女励志馆""淑女风尚馆""淑女生活馆"等特色馆(新馆不断添加中),每本书都有属于自己的编号,比如:

代表这本书所属类别是淑女文学类,编号为冒险励志系列004,即此系列的第四本书,在这本书之前,自然已经出版了001、002、003,后面也会有005、006、007……陆续上市;图书封底的总编号则代表了这本书在《意林·小淑女》所有出品图书中的总排序。

○女孩特色包装

每本图书都会配备一张淡雅的紫色或粉色前衬页,上面印有"意林"及"Mini Miss"字体logo;在小说类单色印刷的图书中,会加有4页铜版纸彩色插图页,第一页的"淑女宣言"(图4)代表了《意林·小淑女》所提倡的优质女孩精神,第四页则标明了本书所属的系列及编号(图5)。

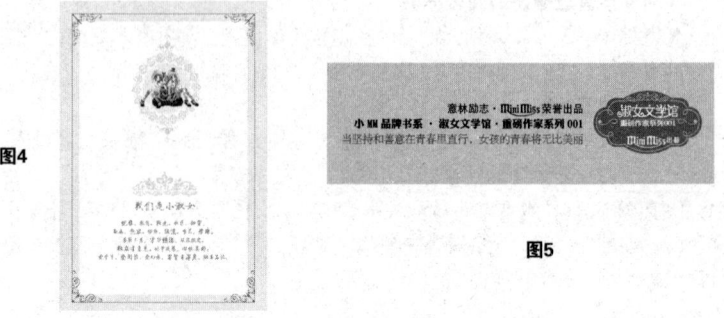

图4

图5

我们目前所使用的字体、字号以及行距,是在经过大量调查研究和多次测试后确定的,适合成长中的女孩阅读,每一页的内容既充实,又不至于给读者造成阅读疲劳。

所有的一切都是为了给成长中的女孩提供价值导向健康、养分丰富、品质优良的课外读物,营造愉快的阅读体验,我们希望以传媒人"有爱有担当"的社会责任感和"一生只做一件事"的专注精神,不遗余力地建设女生文学,推动女生阅读向前发展,全力打造中国女生喜爱的文学品牌!

目录

第一章　山神叫我来巡山　001

第二章　神算？神算　029

第三章　红娘模式，启动　065

第四章　给我大魔王一个面子　085

第五章　招安？包吃吗　105

第六章　盘龙再现　125

第七章　碧波村守护计划　149

第八章　百里有常青　171

第九章　这棵树，是在笑吗　189

　　自盘古开天辟地起，世间秩序初定，时至今日，天下划分为仙、魔、人三界。魔界妄想一统三界，仙界为维持三界平衡，努力压制魔界势力。万年前仙魔大战，魔界大败，偃旗息鼓，隐藏在暗处，伺机卷土重来。

　　仙界玉霁上人手下的十二生肖将负责掌管人间的十二时辰，随着玉霁上人外出游历时意外失踪，鼠将竟也陷入昏迷，这一切似乎都是魔界蓄谋已久。

　　魔界企图通过将十二生肖将逐个攻破来让人间秩序大乱，玉帝为阻止魔界的阴谋，秘密派遣各路神仙前往人间寻找十二生肖甲护兽，而此时，人间王朝更迭，国号大贤……

　　又萌又热血的寻梦故事，正式开始！

夕阳西下，金黄色的余晖将远处的群山笼罩在一片温暖之中，延绵不绝的山峰中央有一座形态奇异的大山，它不似其他山峰那样陡峭高耸，而是十分圆润对称，远远看上去就像是一颗桃子。

一名道士打扮的清秀少年此刻正汗流浃背地朝山上进发，他身着蓝色道袍，背着有些扁的包袱，用一根树干当拐杖，一步一步地走上台阶，时不时地抬起头来看一眼远方那桃子般的山峰，眼中满是疲惫与无奈。

按说凡人这一辈子极少有人能亲眼见到神仙，而有幸见到神仙的人无疑是十分幸运的。他们不是受到点化，从此叱咤江湖、称霸武林，就是无意间看到某个仙女姐姐洗澡，从此两情相悦喜结良缘，再不济，也是被某位得道高人收作弟子，从此平步青云位列仙班。

林啸风跟他们都不一样，他确实在有生之年见到了一位仙职极高的神仙，这本应是一件激动人心的事情，这位神仙却让他去凡间寻找一头猪。

找猪就找猪吧，谁让他迫切想知道自己双亲的下落呢？

林啸风是个孤儿，很小的时候被师父捡到，他自小在青云观长大，从来没有见过自己的父母。

那个让他找猪的神仙告诉他，只要能够找到这只猪，他就有机会见到自己的双亲。所以，尽管觉得这事儿不靠谱，他还是义无反顾地踏上了"寻猪"之路，就是不知道眼前这条路到底还有多长。

走了很久，林啸风在一处山泉旁停了下来，用手擦了擦额头上

第一章
山神叫我来巡山

的汗水,拿过别在腰间的葫芦,一口气喝干了里面的水,又灌满了葫芦,才重新上路。

随着离那桃子山峰越来越近,山脚下的村落也隐约可见,三三两两的村民此刻正在忙碌,但片刻之后,竟不约而同地挎着篮子朝不远处一个半圆形的山洞走去。

林啸风不由得感到有些奇怪,他伸手拦下一名怀中抱着几个苹果的中年男子,问道:"这位大叔,请问大家神色匆忙,是要去哪里?"他声音很轻,一张清秀的脸上带着莫名的庄重。

中年男子调整了一下姿势,笑眯眯地回道:"小道长一看便是远道而来,我们仙桃村每七天都会向仙桃山上的山神上供,山神会保佑我们风调雨顺的!"

"山神?"林啸风怔了怔,他知道有这么一个仙职,但还未亲眼见过,难道真是老天青睐,要让他再见一次神仙?

想到这里,他抬头看了看不远处云缭雾绕的仙桃山,波澜不惊的脸上终于有了些变化:"山神就住在那个山洞里吗?"

中年男子摇了摇头:"非也,山神从不露面,我们上供的食物都由山神的婢女灵珠姑娘代为收下。"

原来是这样,林啸风心下了然。

"多谢大叔,山神会保佑你的。"他拱手道谢,待到中年男子走远后,也好奇地跟了上去。

如果真的有山神的话,那直接问他,岂不是要比自己一座山一座山地寻找轻松许多?

这样想着的时候,他已经跟着那名中年男子来到了半圆形山洞中。

漆黑的山洞里此时已经聚集了好几百人,有男有女,有老有少。让林啸风感到惊讶的是,大家无论是怀里还是筐里,都放着新

鲜的瓜果蔬菜和精致面点。

喷香的气味让几乎一天没有吃饭的林啸风直咽口水,他强迫自己不去想这些人间美味,等他功德圆满位列仙班,一定要尝尝师父经常念叨的蟠桃是个什么滋味儿,一定比这些东西要好吃得多吧?

"乡亲们辛苦了!大家排好队,一个一个地来,山神说今年大家种的粮食会大丰收的,家畜也会多下崽儿的!"

一道清脆的声音从山洞中传来,在村民的欢呼声中越来越清晰。林啸风好奇地循着声音看了过去,这才发现声音的主人是名少女。

那女孩十五六岁的年纪,身着淡粉色斜襟长裙,体形有些微胖,细腻如羊脂般的脸上,一双乌黑的眼睛透着说不出的灵气,此刻正笑眯眯地打量着村民放下的食物,樱唇微启,仿佛有晶莹的液体呼之欲下。

林啸风不由得皱起了眉头,山神的婢女怎么是个小女孩?看她盯着那些供品,一副口水都要流下来的样子,简直是对山神的大不敬!

在林啸风打量白灵珠的同时,白灵珠也注意到了他,她看着他空空如也的双手也瞬间皱起了眉头,而且他打量自己时的纠结表情……怎么就那么欠扁呢?

她迅速调整了一下状态,清了清嗓子开口道:"喂!小道士,你给山神的供品呢?"

林啸风呆了一呆,他只是来围观的,也需要供品?但这么多双眼睛盯着,什么都不给貌似也说不过去……

想了想,他从包袱里掏出两个硬得几乎咬不动的馒头递了上去:"我只有这个,给了你,你得让我见山神。"

"好大的胆子呀!山神是你想见就能见的吗?"

白灵珠故作生气状,眼神却不受控制地四处乱瞟,仿佛有些心虚。为了给自己壮胆,她双手叉腰道:"要是每个人有事都要见山神,那山神岂不是要忙死了吗?"

林啸风见她双手叉腰,一副蛮不讲理的模样甚是可爱。他从小在山上长大,从没见过这样活泼又有灵气的女孩,所以即便被吼,他还是腼腆地笑了笑,惹得白灵珠更加生气。

"你还敢笑我!你叫什么名字?"

林啸风起身调整了一下衣领,师父曾告诫过他出门在外报自家道号时一定要正式,不能丢了青云观的脸。所以,他一脸严肃地行了一个道家标准的礼节:"紫竹山青云观啸风子拜见姑娘。"

"什么疯子?"白灵珠挠了挠耳朵。

"啸风子。"

"笑疯子是什么疯子啊?"白灵珠憋着笑看着他,一口整齐的银牙煞是好看。

周围顿时起了一阵哄笑声,林啸风耳尖一红,觉得自己仿佛受到了侮辱。

师父虽然是个不正经的老顽童,却也时时刻刻教导他:辱我道门者,定不能轻饶!

于是,他将手中的硬馒头翻转,趁大家不注意时,飞速朝那名少女丢了过去。少女还未反应过来,就被一只硬邦邦的馒头堵住了嘴。

做完这一切的林啸风迅速恢复回原来的姿态,仿佛刚才什么事都没有发生,并用严肃的语气再次强调了一遍:"林啸风,啸风子。"

白灵珠霸占这个山头已经好几百年了,还是第一次遇到这种硬茬,她茫然地将堵在嘴里的馒头拿了下来,还是不知道这馒头是从

哪里飞过来的。好在林啸风特地挑了个相对柔软的馒头,否则,她那两颗白闪闪的银牙恐怕就没有了。

"记住了!小的记住了!啸风子道长!是我有眼不识泰山,您大人有大量,莫要怪罪!"

白灵珠瞬间服软,眼里甚至泛起了水光,演技出神入化,跟刚才那名盛气凌人、颐指气使的山神婢女简直判若两人。

林啸风满意地点了点头,趁机提出自己的要求:"我要见山神,有劳姑娘带路。"

"没问题!"白灵珠爽快地一口答应了下来。

隐约意识到这个木讷的小道长有些不好惹,白灵珠待村民上完供,便一脸讨好地带着林啸风朝山洞里走去,心里却忐忑得不行。

山洞里并不黑,每走几步就能看到一支点燃的蜡烛,只是令林啸风不解的是,除了蜡烛,每隔一段距离,地上都会铺着一层软榻,还摆着几盘瓜果点心,他不禁有些疑惑,有这么能吃的山神吗?

"喀喀!道长止步,山神……山神它就在帐子后面啦!你想问什么快问……问完快走……啊,不是,我是说你慢慢问!"白灵珠的语气有些慌乱,一双乌黑的眼睛转来转去,仿佛在掩饰着什么。

林啸风看了一眼把整个视线都遮挡住的帐幔,尽管有些疑惑,还是换上了那副与他的年龄极不相符的严肃表情,并将师父教导的道家礼仪再次摆了出来:"贫道紫竹山青云观啸风子,拜见山神。"

"啸风子,你想问什么啊?"

帐幔后传来的声音急促而尖锐,仿佛有人在狂敲一面破锣。

林啸风强压下耳朵受到折磨的不适感,努力镇定道:"天降大任,贫道受仙人所托,来寻找一头猪。"

第一章
山神叫我来巡山

"什么？一头猪？村子里有的是啊，不知啸风子想要公的还是母的，胖的还是瘦的，蒸的还是炖的啊？"山神的语速十分急促，看上去很想快点儿结束这次谈话。

林啸风被问住了，他也不知道自己想要找什么样的猪。茫然的目光扫过帷幔，他只好老实承认："贫道尚未得知……"

"这可就难办了。"山神的语气有些为难，"这样吧，啸风子，你先找个地方休息，待我……待本山神替你找找，有消息了就告诉你，好吗？"

林啸风皱了皱眉，有些迟疑，一旁的白灵珠见状，连忙推着他往洞外走："好了好了，山神既然发话，你就耐心回去等吧。"

说完，灵动的身影拐过帷幔，和山神一起迅速消失在他的视线中。

林啸风呆呆地站在山洞外，半响，才反应过来他被山神和山神的侍女打发了。

他有些生气，又有些受挫，却又无可奈何。

此时夜幕已经降临，他本想找个灯火通明的人家借宿一晚，可人至门前，却又开不了口，只能又绕回山洞，在附近寻了处能看见月亮的山坡盘膝坐了下来，望着寂静的夜幕沉思。

三个月前，貌似也是这样一个寂静的夜晚，在青云观的后山上，他也是这般盘膝而坐，练习着师父当日教习的道术，奈何一道幽幽的叹息声从不远处的竹林间传了过来。他循着叹息声寻去，就看见一名身着明黄色长袍的年轻男子斜倚在枝干上，一脸愁容。他年轻英俊，身边仙雾缭绕，给人一种不真实的感觉。

那个年轻人也发现了他，一双丹凤眼略带笑意道："小道长这么晚不睡觉跑来练功，真是勤劳可嘉。"

林啸风好奇地打量着眼前的陌生男子问："你是谁，为什么会

出现在这里？"

"你猜？"男子饶有兴趣地看着他。

林啸风歪着脑袋想了一会儿："你也是来偷竹笋的吧？这段时间总有人来这里偷笋，师父都已经抓到好几个了。"

几道黑线自那个年轻人的头顶划过，他不禁摇头苦笑道："谁叫你们把我的雕像刻得那么丑，以至于我现在站在你们面前都认不出来。"

"雕像？"林啸风怔了怔，青云观向来清寒，只有一尊雕像，那便是……

"你是玉帝？"他瞬间睁大了眼睛，心里有了一个大胆的想法。别怪他没有认出玉帝来，只因青云观玉帝的雕像与眼前的男子实在是差别太大。

说起来，这一切都要怪他的师父，雕刻匠问模样时，师父信誓旦旦地指着自己说："就照着我的样子刻！"害得他差点儿就信以为真。

眼前的男子并没有立马回答他，而是冲他意味深长地笑着，身边缭绕的仙雾也越来越浓。

看来是玉帝没错了！

林啸风内心一阵激动，"扑通"一声跪在地上，向眼前的男子一连行了几个大礼，这可是他有生以来，见到的仙职最高的神仙。

玉帝好笑地望着眼前这个呆呆傻傻的小道士，笑道："啸风子，这么晚了你怎么还在练习道术？"

面对玉帝的提问，林啸风不敢有怠，无比认真地回道："我想早日得道飞升，打听我爹娘的下落，师父说只要勤加修炼，降妖除魔，为百姓多做好事积攒功德，就有希望早日得道成仙。"

玉帝被小道士一本正经的模样逗乐了，眼珠一转，笑得有

些狡黠。

"只降妖除魔的话,功德是远远不够得道飞升的。"

"欸?"林啸风抬起头,方才还无比坚定的眼神中添了一丝疑惑。

玉帝见状,倾身凑到林啸风的耳边神秘兮兮地说:"不过,我可以给你个任务,如果你能完成,相当于救了整个人间,功德无量,可以很快得道飞升。"

"是什么任务?"林啸风有些迟疑,又有些跃跃欲试。

"嘿嘿,并不难。"

玉帝眼里的笑意加深,他清了清嗓子,正色道:"如今我仙界与魔界纷争不断,魔界妄图破坏掌管十二生肖将命门的十二生辰塔,一旦生辰塔被破,人间将陷入混乱,我要你先找到合适的守护兽,然后再找到生辰塔,看住,修好,怎么样,不难吧?"

林啸风点了点头,随后又连忙摇头问道:"守护兽是什么东西?"

"亥猪。"

玉帝见他一副似懂非懂的模样,搜肠刮肚,换了个更加通俗易懂的说法:"我要你去寻找亥猪的守护兽……也就是一头猪,猪,你懂吗?肥头大耳,胖胖乎乎的那种?"

"懂了懂了。"林啸风忙不迭地点头,只找一头猪的话应该不是什么难事,可是,"要怎么判断它是不是守护兽呢?"

"这……"

刚才还满脸笑意的玉帝忽然就惆怅起来:"据说通过生辰塔的考验就行,再多的你就不要问我了,因为我也不知道,玉霁突然失踪,什么有用的信息都没来得及和我说。"

林啸风于是没再多问,默默地将任务和玉帝方才说出的线索又

回忆了一遍,将其牢记在心中后,朝玉帝郑重地点了点头:"好,我愿意试一试!"

"记住,动作快一点儿,一定要赶在魔界之前找到生辰塔!"玉帝匆匆丢下这句后,便消失在了竹林间,他怕再跟他交谈下去对方会忍不住反悔。

"玉帝,我想问问那个蟠桃……"

待到林啸风抬头的时候,玉帝的身影已经不知所终,徒留一阵清冽的薄雾在眼前缓缓散开。

居然交代完任务就这么走了!

没有点化,没有神器,也没有武林秘籍……

林啸风茫然地站在原地,仿佛刚才发生的一切不过是一场梦境,他刚刚莫名其妙地接了个什么任务来着?

尽管事情发生得有些突然,毕竟已经答应下来了,次日一早,林啸风便收拾了行装,拜别了喋喋不休、一个劲儿地说着人间险恶的师父下了山。

一路上,他遇见了许许多多各式各样的猪,有的肥头大耳,有的憨态可掬,有的肤白如雪,有的斑点零碎,见到林啸风时,一个个瞪圆了眼睛哼哼个没完,似乎是对他没有投喂自己表达不满。

走过了一城又一镇,途经了一水又一山,转眼已经过了好些时日,守护兽之事仍旧没有进展。

林啸风叹了一口气,望着眼前薄雾迷蒙的仙桃山有些迷茫,他突然想起白天见到的那个山神婢女,一袭淡淡的粉裙,笑容干净无瑕,可一想到她的种种行为以及山神说的话,怎么就觉得这么不对劲儿呢?

林啸风决定趁夜再去山神洞里探探虚实。

借着淡淡的月光,他摸进洞中,发现洞内的烛光俱已熄灭,只

有最里面的烛光忽明忽暗，隐约还能听到说话声。

林啸风有些好奇，蹑手蹑脚地朝着声音传来的方向走了进去。

白日里隔开山神的帐幔此刻已经被卸了下来，在一片瓜山果海、香蔬甜点中，有一只竹篮大小的淡粉色小猪跟一只羽毛抖擞的喜鹊正在大快朵颐，吃相十分狼狈。

"喜喜，你说那个小道士为什么要找猪呢？"

粉色小猪率先开了口，即使声音含糊不清，林啸风还是听出了她就是白日里那个嚣张跋扈的山神婢女。

"谁知道呢，听他说是受什么仙人所托，明天随便把他糊弄走好了，否则，咱们的好日子可不长喽！"喜鹊开口道，沙哑尖锐的声音像极了白天的山神。

"就是！仙桃山环境这么好，还有村民给咱们送吃的，真是太舒服啦！"粉色小猪欢快地说道。

那只喜鹊栖在树枝上整理了一下自己的羽毛，十分担忧："万一哪天村民们发现根本没有山神，会不会把咱们两个赶出去？"

"只要咱们两个不说，还有谁知道呢？"粉色小猪说完，又一头扎进了美食中大快朵颐起来，丝毫没有注意到不远处黑着一张脸的林啸风。

目睹了整个过程的林啸风十分生气，这一猪一鸟竟然合伙欺骗村民亵渎神灵，作为一个正义的道士，他是绝对不能允许这种事发生的。

于是，他从暗处跳了出来，指着沉浸在美食中的一猪一鸟发出了正义的一吼："你们两个竟敢欺骗村民假扮山神！胆子也太大了吧！"

粉色小猪被这突如其来的一声怒喝吓得摇身一变，白日里那灵

动活泼的女孩顷刻间现身,待看清眼前的人时,神情万分慌张。

"是你!"

见林啸风不知从哪里突然冒了出来,那只喜鹊更是吓得连话都说不利索了:"珠珠,咱们现在该怎么办?"

粉衣少女漆黑的眼珠转了一圈又一圈,"扑通"一声扑倒在林啸风的脚边。

"小道长,求求你饶了我们吧,千万不要说出去,我们没做过伤天害理的事。"

见这一猪一鸟的气势瞬间弱了下来,林啸风不由得觉得好笑,胆子这么小,还敢冒充山神?

可看到白灵珠可怜巴巴地望着自己,他又有些不忍。

想到刚才看到的画面,他问:"灵珠姑娘,你的原形可是一头猪?"

白灵珠警惕地点了点头,随后伸手护住自己的双肩,飞速撤到了角落:"你……你想干吗?先说好了,我可一点儿也不好吃!"

喂,你想哪里去了?我什么时候说过要吃猪肉啊?

林啸风默默地在心里翻了个白眼,却还是耐心解释道:"不用害怕,我不过想要你帮我一个忙。"

"什么忙?"白灵珠仍旧保持着高度警惕。

"如今人间妖魔肆虐,是因为庇佑十二天将的生辰塔被破坏了,我奉仙人之命前来寻找守护兽亥猪,想让姑娘与我一同寻找生辰塔,如果途中遇到更合适的守护兽,我便放姑娘回来。"

林啸风努力地跟这只小猪精解释寻找生辰塔的任务,并尽可能

地将这个任务描述得伟大一些,希望能够打动她,随自己一起寻找生辰塔。

但白灵珠的反应跟他想象中的有些不太一样,她先是托着腮,神情纠结地思考了一会儿,随即摇了摇头:"我不走我不走,仙桃山这么好,还有这么多好吃的,我才不要跟你一起寻找什么生辰塔呢!"

林啸风见劝说不动,便指了指供桌上堆积如山的供品道:"灵珠姑娘,修复生辰塔便是拯救人间,到时候你就是大功臣,人间的珍馐美味都会任你享用。"

白灵珠一听珍馐美味,水汪汪的眼睛里顿时迸出一道精光。

林啸风连忙趁热打铁:"你在仙桃山待了这么久,想必还没去过外面的城镇吧?我跟你说,那里十分繁华热闹,花灯挂满大街小巷,烟花会在空中炸开,还有大街上叫卖的小吃,桂花糕、糖葫芦、千层酥……"

见白灵珠靠着墙一脸神往的模样,林啸风继续引诱道:"还有一种全天下最美味的食物,叫作蟠桃,种在王母娘娘的蟠桃园中,三千年一开花,三千年一结果,人间所有的美食加起来还不足它的一半美味。蟠桃不仅味道甘美,还有增长修为、延长寿命的功效,若是跟我立了功,我保证你能吃上……"

林啸风滔滔不绝地说着,白灵珠则完全陷入了对蟠桃的幻想,口水顺着弯起的嘴角"滴答滴答"地往下落,身边的喜鹊叫了她好几声,都没能将她唤醒。

"珠珠!你清醒一点儿啊!"喜喜焦急万分,索性用尖嘴狠狠啄了一下她的脸。

只听"哎哟"一声,白灵珠清醒过来,用袖子擦了擦嘴角的口水道:"我决定了!拯救人间,我白灵珠义不容辞!"

林啸风看着眼前一腔热血的少女,长舒一口气。那喜鹊则是气得上蹿下跳:"白灵珠!你走了谁跟我一起糊弄村民呀?"

第二日,天还未亮,两个身影背着包袱踏上了下山的石级,仔细看,那少女的肩膀上还蹲着一只愁容满面的喜鹊。

"道长,我饿了。"

"……"

"道长,我渴了。"

"……"

"道长,城镇怎么还没到啊?"

"……"

"道长,我想睡觉了。"

"……"

林啸风停住脚步,回头看向那个靠在树上困得直打哈欠的少女,清秀的眉头拧作一团。他突然有些后悔,后悔找了这么一只好吃懒做的猪,却不得不耐着性子哄道:"咱们才走了不到两个时辰,还没走出仙桃山,你就已经把干粮吃了一半了。"

"这么说还有一半?"

白灵珠困倦的双眼瞬间恢复了神采,她吞了口口水,伸手就要去抓林啸风的包袱,却被他灵活地躲了过去,不禁不满道:"你又不让我吃东西,又不让我睡觉,我吃不饱睡不好,哪有力气陪你去找生辰塔!"

林啸风紧紧地护着包袱,任凭白灵珠怎么说,脑子里只有找到生辰塔的光荣使命。

"咱们的时间不多,一定要比魔界先找到生辰塔才行,等找到生辰塔,随你怎么吃怎么睡都行。"

白灵珠见这小道士实在是油盐不进，转身找了块石头坐下，气呼呼地说："可我只是答应跟你去试一试，万一我不合适怎么办？况且，你知道生辰塔在哪里吗？该怎么修复你知道吗？"

林啸风忽然沉默了，关于生辰塔，他可以说是一无所知，唯一的进展不过是找来了个能吃能睡的白灵珠和一只会说话的喜鹊而已。

眼看着天空渐渐泛白，心有不甘的林啸风只好妥协："好吧，那你就睡一会儿，只能睡一会儿，半个时辰后我就叫醒你。"

还未等他说完，身旁一块平整的岩石上就已经传来了均匀的呼吸声。只见白灵珠四仰八叉地躺在岩石上，一点儿女儿家的风范都没有，也许是梦到了人间的美味，嘴角还流出了口水……

见她这副模样，林啸风悔得肠子都青了。

为什么他要找白灵珠跟他一起寻生辰塔？

为什么玉帝不给他安排个好伺候的生肖，偏要让他找一头猪呢？

为什么当初他会一时冲动答应玉帝的要求？

他的脑海中不断冒出一个又一个未知的问题，越想越憋屈，竟也不知不觉靠着树睡着了。

公鸡的一声啼鸣将林啸风从睡梦中惊醒，远方的天空已经泛出鱼肚白，太阳马上就要升起了。

白灵珠仍旧躺在岩石上熟睡，那只喜鹊卧在树干上闭着双眼，也尚未醒来。

酣睡一场，之前的怨气全都消散在睡梦中，林啸风揉了揉惺忪的睡眼，上前推了推白灵珠："白灵珠，快起来，我们马上就要到永安城了，糖糕都炸好了，在等着你呢。"

"糖糕?"白灵珠猛地睁开眼坐了起来,顺带惊醒了那只喜鹊。她四下寻找后不满道,"糖糕在哪里?"

林啸风伸手指了指不远处一座若隐若现的城镇,此刻天微微亮,夜间的浓雾也渐渐散开,站在半山腰上,很容易就能看到远处的景象。

白灵珠睡好了,便不再吵闹,二人一鸟很快再次上了路。

一路上,白灵珠啃着最后一张大饼不停地左顾右盼,对周遭事物充满了好奇,甚至从路边摘了两朵不知名的小花插到头上,心情十分愉悦。

翻过仙桃山,城镇变得越发清晰起来,白灵珠兴奋不已,甚至主动催促起林啸风。

"你别跑那么快,免得一会儿又饿了。"林啸风抱着装着为数不多的干粮的包裹小声嘟囔。

白灵珠忽然停下脚步,回头望向一脸愁容的小道士嬉笑道:"你不说还好,一说我还真的觉得饿了,你说该怎么办吧?"

"一会儿到了永安城给你买糖糕吃。"林啸风有些想抽自己一个耳刮子。

"一言为定!"

在糖糕的激励下,二人终于在夜幕降临之前赶到了人间最繁华的都城——永安城。

林啸风曾经跟着师父来过永安城几次,对这里还算熟悉,很快就找到了落脚的客栈。

为了节省盘缠,他只开了一间房,晚上他可以打地铺。事实上,他也有让白灵珠打地铺的打算,反正她在哪里都能睡得香。而且这间客栈本身也不算太高端,前来入住的大多是囊中羞涩或生活拮据之人,两三个人开一间房的大有人在,所以,林啸风此举并没

有引来太大的关注。

"喜喜，一会儿到了街上，你可不能开口说话，不然会吓到百姓的！"白灵珠认真叮嘱道。

"咕！"

放好行李后，二人便来到了大街上，永安城的大街仍旧这般繁华热闹，石桥下流水潺潺，两岸灯笼高挂，衣衫简朴的百姓来来往往，只是神色有些怪异。

白灵珠双眼放光地盯着街上的小摊，几乎走不动路。

"道长，我要吃这个！"

"道长！我要吃那个！"

"林啸风！你干吗一直拽着我走？不是答应给我买糖糕的吗？"

白灵珠赌气地挣开林啸风的手，指着自己的肚子不满道："我饿啦！"

林啸风望着她气鼓鼓的委屈模样又气又好笑："白灵珠，你好歹也是有点儿道行的猪精，就算几个月不吃东西也饿不死的。"

"什么？"白灵珠难以置信道，"你你你……还打算饿我几个月？哼，我要回仙桃山！"

林啸风没有办法，只好走到不远处一个卖糖糕的小摊前，从钱袋里为数不多的几枚铜板中摸出三个递给老板："老板，麻烦给我包一个糖糕。"

"好嘞！"

热乎乎的糖糕很快便到了白灵珠的手中，林啸风语气轻柔道："趁热吃吧。"

小道士难得眉眼温柔，不那么讨厌，白灵珠心上一热，一口咬上那炸得金黄酥软、泛着香气的糖糕，含糊不清地称赞道："好

吃,呃……糖糕真好吃!"

林啸风见她吃得开心,尽管自己也是饥肠辘辘,却还是悄悄别过头去,只在路过面食店的时候掏出一枚铜板买了两个馒头,将它们想象成美味的蟠桃。

只要白灵珠吃饱喝足不闹事就行了……

就在这时,他们看见前方的一面墙壁前聚集了很多人,大家都挤在最前面,指着贴在墙上的告示议论纷纷。

林啸风好奇之下也凑了上去,见那材质上好的宣纸上画着一枚玉佩,下面还有两行蝇头小字,看上去像是一则寻物启事。

"谁要是能找到这块盘龙玉佩,那可真是有福气啊,下半辈子都不愁了!"

"皇上一定是急坏了,凡拾到盘龙玉佩并奉还者,便赐予辰龙书一封,也难怪大家趋之若鹜了!"

"那辰龙书可了不得,上面是盖了玉玺的,得到辰龙书的人,无论在上面写什么要求,皇帝都会答应的!"

"你没发现近日城里来了许多怪人吗?我猜八成都是来找玉佩的!"

听着围观百姓的议论,林啸风悄然退了出来,白灵珠啃着糖糕,不明所以地问:"什么事啊,他们在看什么?"

"没什么,好像是皇上丢了一枚玉佩,凡是捡到玉佩并将其归还者,皇上就会赐他一封可以写任何要求的辰龙书。"

"任何要求?"白灵珠当场愣住了,一块糖渣还粘在脸上,看上去十分滑稽。

林啸风伸手将粘在她脸上的糖渣抹掉:"我知道你在想什么,若你得了辰龙书,你必定会在上面写要有吃不完的饭、睡不完的觉,对吗?"

"你未免太小看我了。"白灵珠一脸鄙夷地看着林啸风,"假如我拿到了辰龙书,我要写……"

"禁止全天下的人吃猪肉!"

看着眼前一脸认真和神往的少女,林啸风忍不住"扑哧"一声笑了出来。

"怎么,你觉得我的愿望很可笑吗?"白灵珠神色不善地问。

"没……没有,很伟大,很美好!"

在城中逛了一圈后,两个人回到了客栈里,林啸风脱下道袍换上了一身便装,那一副正统武家子弟的飘逸模样令白灵珠赞不绝口。

二人下楼,也许是天马上就要黑了的缘故,客栈里的人多了起来,无论是三三两两坐在方桌前吃饭的食客,还是背着包袱匆匆上楼的旅者,无不神情恍惚,眉头紧皱,林啸风猜测是因为盘龙玉佩。

至于白灵珠,则盯着旁边那桌正在大快朵颐的食客,肚子再次不争气地叫了起来。

林啸风神色复杂地看着她:"怎么,你又饿了吗?"

白灵珠可怜巴巴地点了点头。

林啸风无奈,找了个尚有空位的桌子让她坐下,随即离开。没过多久,便端来一碗热气腾腾的八宝粥放在她的面前:"喝吧。"

肚子早已饿得"咕咕"响的白灵珠顾不得嫌弃,忙埋头喝了起来。

趁白灵珠喝粥之际,林啸风也拉开凳子坐在她的身边,也许是

店里客人增多的缘故,客栈的掌柜开始免费供应茶水。林啸风晚上只吃了一个馒头,觉得口干舌燥,索性要了一壶茶喝了起来。

"二位一看便是远道而来,想必也是为寻那盘龙玉佩了。"

林啸风听到说话声,抬起头来,见是一名书生打扮的男子,青衫玉带,风度翩翩,年龄二十来岁,生得儒雅俊秀,手中还持有一把折扇,此刻正笑吟吟地看着二人。

林啸风不想多生事端,但仍要保持良好的素养,于是礼貌回应道:"公子此言差矣,我们并非为寻找盘龙玉佩而来。"

青衫书生微微一笑:"这里的每个人都说自己不是为寻玉佩而来。"

林啸风并不想开口辩解,也不想再跟这个来路不明的书生说话,索性又倒了一杯茶送到嘴边,权当默认。

白灵珠将碗舔了个干净,一脸好奇地望着那个青衫公子:"难道公子是为寻那玉佩而来的吗?"

青衫书生将折扇收起,缓缓垂下眼睑,神情有些哀伤:"不错,我确是为寻找玉佩而来……然而谁又能找得到呢?"

"有希望总是好的,万一找到了呢?"白灵珠见他神情哀伤,不由得出言安慰了一番。

"所以我还是来了。"青衫书生笑了笑,对乖巧可爱的白灵珠貌似很有好感,"还未请教二位小友姓名。"

"林啸风。"林啸风这次没有一本正经地报自家道号,他如今是一身便装,还是低调些为好。

"我叫白灵珠!你叫我灵珠就好!"

青衫书生也笑着拱了拱手:"在下周捷。"

互相告知姓名后,林啸风对他的警惕心少了许多。三个人的打扮都很普通,并无惹眼之处,尤其是林啸风和白灵珠,不过是两个

十五六岁的孩子,除了相貌出众点儿,也并无其他特点。

林啸风没有多话,而是一杯又一杯地喝着茶,他的内心对陌生人还是有些抵触。至于白灵珠,因为初次离山,所以对任何事物都感到十分新奇,在认识了新朋友后更加兴奋,跟周捷聊得火热。

林啸风坐在一旁一言未发,倒是能说会道的白灵珠已经将他的经历挖了个干净。

原来,周捷不过是一介布衣书生,偶然在一次春游中结识了一名貌美女子并与之两情相悦,没想到该女子竟是当今皇帝的女儿——三公主赵沐晴。皇上知晓后大怒,索性将三公主禁足了,勒令二人不得相见。周捷之所以来寻盘龙玉佩,不过是想让皇上成全他与三公主的一段姻缘。

白灵珠久居深山,从未听过如此凄美感人的爱情故事,不禁被周捷的痴情打动,哭得一把鼻涕一把泪。

周捷似乎也没想到白灵珠会有这么大的反应,一时竟有些无措。

好在一直闷头喝茶的林啸风站起身来解围:"周公子,天色不早了,我们明日还有事要办。"

周捷如蒙大赦,忙拱了拱手:"那二位便早些休息,在下不打扰了。"

白灵珠用袖子擦着眼泪和鼻涕哽咽道:"周公子,那你明天记得给我讲你跟三公主去游湖之后的事啊。"

周捷笑着点了点头,余光打量着白灵珠跟林啸风一前一后上了楼,若有所思。

那少年看似沉默木讷,眉宇间的英气却是藏也藏不住,少女虽然一副天真懵懂的模样,好看的眼眸中却透着一股灵气。他实在是猜不出他们的身份和目的,就算他们真的是来寻找盘龙玉佩的,想

必对其他人也没有什么威胁。

在林啸风和白灵珠出去的这段时间里,喜喜也从窗户飞出去觅食了,此时还没有回来。

客栈的房间很简单,只有一张桌子、两只凳子和一张床,床是有床帘的。白灵珠一踏入房间,就迫不及待地扑到了床上打滚,回头看到正在打地铺的林啸风,不由得皱起了眉头。

"你晚上也要睡这里吗?"白灵珠十分不满地噘起了嘴,"你是不是怕我跑掉?"

"现在还不知道要在永安城待多久,我们的盘缠不多,要节省些。"林啸风一边整理包袱一边耐心地跟她解释,"何况还要匀出一部分钱给你买吃的,你要是能做到不吃饭撑几个月,我就再去开一间。"

白灵珠的眼珠滴溜溜一转,悄悄下床走到林啸风身边低声道:"其实咱们可以不用这么节省,吃的和盘缠,我可以让喜喜去偷啊,满大街都是呢!"

"不可以!"

林啸风闻言,将那件满是补丁的道袍搭在凳子上,开始了对百灵珠的说教:"每个铜板都是百姓艰辛劳作所得,粮食也一样,你不能因为一己私欲占有别人的任何东西,因为你不知道那对他们来说意味着什么。"

白灵珠撇了撇嘴,听着林啸风喋喋不休的唠叨,不由得打了个哈欠:"那我们断粮了怎么办?"

"之前我跟着师父一起下山给人家作法看相,多多少少也学会了一些。"他没有再说下去,因为白灵珠已经趴在桌子上响起了均匀的鼾声。

"唉……"

　　林啸风看着走哪睡哪的百灵珠无奈地叹了口气，他在房间里找了一块较为干净的浅色麻布，又从包袱里抽出一根焦黑的炭条，在麻布上写写画画起来，没过多久，两个乌黑的大字便赫然现于纸上。

　　神算。

　　林啸风看着自己的杰作，神情有些担忧，虽然之前跟师父学过一点儿看相本领，但要亲自上场并以此谋生，他还真有些惧意。万一算得不准，他岂不是成了江湖骗子了？师父知道了必定要千里迢迢赶过来揍他的。

　　但转念一想，此番寻找生辰塔是玉帝亲自授命的，一路艰辛漫长，如果没有足够的盘缠，根本撑不下去。他看了一眼正在流口水的白灵珠，何况还带着这么一个能吃能睡的活宝。

　　打定主意后，林啸风将那块写了"神算"二字的麻布小心翼翼地收了起来，刚刚放进包袱里，就听到一阵轻微的争吵声，听上去像是从隔壁传来的。

　　虽然知道偷听别人谈话并非君子所为，但随着二人的争吵声越来越大，就算林啸风无意去听，那一男一女的声音还是传入了他的耳中。

　　"爹爹现在还在牢里被他们折磨，我们既然已经来了，就再好好找一找，也许就找到了呢！"女孩儿的声音十分焦急，甚至带着些哭腔。

　　"你说，还要怎么找？"那男孩的声音则有些无奈，"这几天我们已经把皇上可能去的地方几乎找了个遍，难道要把湖水抽干，把丘陵挖平吗？"

　　"只要找到了玉佩，我们就能为爹爹洗清冤屈了，哥，明天咱们再去一趟月亭湖，听说皇上很喜欢那个地方。"女孩的语气由焦

急转为哀求。

　　林啸风系好包袱,又在地上铺了一张厚实点儿的床单,看来隔壁是一对来找盘龙玉佩的兄妹,他们的父亲貌似被冤枉关到了地牢里,兄妹二人想用辰龙书来为他们的父亲洗刷冤屈,当然,前提是得找到那枚玉佩。

　　普通百姓仿佛总是有着各种各样的麻烦,衣食住行,生老病死,七情六欲。看着他们所遭受的不幸,林啸风总是微微叹气,他自幼被师父捡到便生活在紫竹山,粮食自己种,病了上山采药草,终日与空山飞鸟、孤鹜落霞为伴,除了师父对他严厉了一些,他似乎从未遇过什么烦恼事。

　　若说烦恼事,倒也不是没有,他有一次随师父下山为一户人家作法,看到女主人软声细语地哄着怀中的婴儿,那其乐融融的景象深深地刻在了他的心里。他突然就很想知道自己的身世,想知道自己的爹娘为什么要抛下自己,他努力练功,为的便是有朝一日得道飞升,了解自己的身世,见到自己的双亲。

　　如今这个愿望触手可及,他只要带着守护兽修复生辰塔便可。多一事不如少一事,他并不想跟其他人一样为寻一枚玉佩而大费周章,所以,明天还是尽快带着白灵珠去寻找守护兽和生辰塔好了。

　　"不好啦!不好啦!有坏人闯进客栈啦!"

　　正当林啸风思索之际,喜喜慌慌张张地拍着翅膀从窗外飞了进来,这一嗓子也惊醒了原本正在熟睡的白灵珠,她伸了个懒腰:"吵什么呢,怎么啦?"

　　"有个拿刀的坏人闯进了客栈,现在正在大堂,可凶呢!"喜喜无法做出畏惧的表情,只好瞪圆了眼睛,表达内心的惊恐。

　　白灵珠一听有人闹事,瞬间就来了精神,方才还带着倦意的眼睛迸出兴奋的精光。

第一章 山神叫我来巡山

"走，出去看看！"她跳下床，一把拉住林啸风就往门外走。

在两个人走出房门的同时，隔壁也走出了一男一女，显然也是听到了动静出来看看。他们看起来跟林啸风和白灵珠年龄相仿，样貌正派，眉眼间多有相似之处。

四人相互打量了一番，并未说话，不约而同地朝二楼栏杆处走去。

站在栏杆处向下望，只见大堂的正中央站着一名身材矮小、满脸络腮胡的大汉，头发凌乱，酒气熏天，他身旁的桌子被掀翻在地，桌上的三个酒坛子以及酒碗全都被摔碎了，地面一片狼藉。

"你们……给老子听好了，谁捡到那枚玉佩都得交给我！不然……不然……嗝……"

不远处的掌柜已经吓得躲到了桌子底下，生怕那明晃晃的大刀一个不长眼就朝自己飞了过来。他战战兢兢地说："这位客官，小店还要做生意呢。"

络腮胡大汉十分不满自己被驱赶，粗眉一挑，索性趁着酒劲在大堂里耍起了把式，一柄长刀胡乱挥舞着，所过之处均发出不同的碰撞声来，配合着肚子上颤颤巍巍的肥肉，看上去十分滑稽。

正当大汉挥舞得正得意，嘴里还嘟囔着什么秘籍时，白灵珠见身边黑影一闪，方才在门口撞见的那名少年自二楼栏杆处一跃而下，紧接着一脚踢飞大汉手中的刀，在他尚未回神之际，又是一脚踢在他的腹上。

大汉吃痛地朝后退了两步，却被绊倒在门槛处，以一个极其不雅的姿势摔出了客栈。

这一套动作可谓是行云流水，看着大汉跌跌撞撞地跑远，客栈里传来一片叫好声，少年则是十分淡定地上了楼，刚好与白灵珠擦肩而过。

"真是好武功。"林啸风望着少年的背影暗自赞叹,看来这永安城果真是卧虎藏龙。

白灵珠则是一脸的不明所以,纯粹以看热闹的心态围观了整场闹剧,见这般个人英雄主义的收尾似乎有点儿败了兴致,打了个哈欠便折回了房中。

地面上破碎的碗罐很快被清理干净,受到惊吓的客人也陆陆续续回了房中,唯独林啸风仍旧站在走廊上思考着明日的行程。

在寻找生辰塔的几个月中,他去了不少地方,却始终一无所获,好不容易来到仙桃山这么一处人杰地灵的地方,也只收获了一个白灵珠而已,好在永安城是一个十分适合落脚的地方,待他明日先在城中探索一番,再作打算。

当刘壮还流着鼻涕赤着脚在泥里打滚玩耍的时候,他有一个江湖梦,梦里他是一名大侠,除暴安良,劫富济贫,所到之处人人称赞,美人投怀。

这个梦想总会遭到身边人的耻笑,因为他四肢短小,身材肥胖,再加上遗传了爹的粗眉毛和娘的大嘴唇,让人无论如何也无法将他同那些英俊潇洒的大侠联系到一起。每当他拿着砍柴刀在院子里毫无章法地挥舞时,总能引来小伙伴们的讥讽。

"刘壮,你长成这个丑样子还想当大侠?还是多搬几块砖攒钱娶村头的张寡妇吧!"

时光飞逝,刘壮在家中遭遇变故后,孤身去了很多地方,尤其在听说盘龙玉佩后,更加觉得这是一个能让自己成为一代名侠的好机会。

他在永安城里待了很长时间,来寻找盘龙玉佩的人越来越多,栖龙客栈里的酒也越来越贵,看着周围嘈杂的人群,他想到自己的处境,内心十分凄凉,难道丑就注定无法出人头地、衣锦还乡吗?

"你们……给老子听好了,谁捡到那玉佩都得交给我!不然……不然……嗝……"

他酒意上头,索性拿着长刀在客栈大厅挥舞了起来,随后被人一脚踢了出去。那少年武功极高,他捂着屁股跑了很远才停下来,内心一阵悲凉,大概只有像刚刚那少年一样年少英俊,才能够成为大侠吧。

刘壮心灰意冷,冒着小雨在树林里走了很久,直到听到前方传来阵阵呼救声。

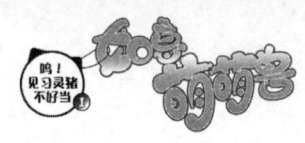

那是一群十二三岁的少年正在殴打一名衣衫褴褛身体瘦弱的孩童,他的身上满是泥泞,手中似乎紧紧攥着什么。

"你们为何打他?"

"关你什么事?快滚!"一名锦衣少年跋扈道。

也许是从那少年身上看到了自己小时候的影子,刘壮也不知哪里来的勇气,直接冲了上去,一通乱打之后,那群少年纷纷鼻青脸肿落荒而逃,刘壮拍了拍手,准备离开,却被一只脏兮兮的小手拽住了衣角,低头,正对上一双亮晶晶的眼睛。

"我可以跟你学习武功吗?我也想成为像你一样厉害的大侠。"

刘壮怔了怔,对那男孩点了点头:"那好吧。"

男孩破涕为笑,露出一口银牙时,他的心情忽然变得很好,刚刚挨的那一脚,似乎一点儿也不痛了。

第二日，天还未亮，林啸风便起了床，打算趁白灵珠尚未睡醒之际先去城里转一圈，看看能不能得到有用的线索，听说永安城附近有不少寺庙道观，正好可以趁机前去拜访一下那些久闻大名的前辈。

临走前，林啸风特地将装有干粮的包袱留了下来，盯着为数不多的几张大饼，他思忖着这些怎么着也能让白灵珠撑上一天。同时，他的一些个人物品也在包袱里，此举是为了让白灵珠知道他并未走远，安心在这里等他回来，做完这一切，他才出了门。

然而，他远远低估了白灵珠的食量，白灵珠被喜喜吵醒时已是日上三竿，刺眼的阳光透过薄薄的窗纸照在她的脸上，连细微的绒毛都清晰可见，若不是肚子早已饿得"咕咕"叫，她才不愿离开这温暖的床。

"珠珠，那小道长不见啦，他没拿包袱，应该没走多远，我们要在这里等他回来吗？"喜喜歪着脑袋站在窗台上道。

"人间的床真是太舒服啦，回去一定要在仙桃山也弄一个。"白灵珠坐起来惬意地伸了个懒腰，在简单地活动了一下四肢后，才捂着肚子将目光放到那个淡青色的包袱上。里面有一套换洗的衣裳和一套整洁的道袍，装干粮的袋子也静静地躺在那里。

白灵珠的双眼瞬间放光，舔了舔嘴唇就扑了上来："不见了好呀！只要有吃的就可以啦！"

下一刻，她便失望了，袋子里只有五张巴掌大的干饼，因为存放太久的缘故，又干又硬，稍微一掰便有渣渣簌簌落下。白灵珠试

着咬了一口,险些没有硌掉她的猪牙!

"太难吃了……呸呸!"

此时此刻,她无比怀念仙桃村村民上供的新鲜果蔬和精致糕点,放着赛神仙的日子不过,偏偏要跟这么一个小道长拯救人间,白灵珠觉得自己简直是亏大了!

至于喜喜,早已将肚子吃得圆滚滚的,倒在窗台上惬意地晒太阳,丝毫不理会白灵珠的惨叫。

"喜喜,好喜喜!"白灵珠嬉笑着走上前来,伸出一根手指贴心地为喜喜梳理羽毛。

"你要干吗?"喜喜一脸警惕地望着她。

"帮我去弄点儿吃的回来好不好?我真的要饿死了!"白灵珠眨着水汪汪的眼睛,一副可怜巴巴的模样。

"拜托!我只是一只喜鹊哎,你要累死我吗?"喜喜翻了一记白眼。

"嘿嘿,我知道……"

白灵珠望着一脸不情愿的喜喜低声道:"我昨天仔细观察过了,人们买东西都要大大小小的银块或者铜片,这些东西呢,大多装在一个精致的布囊里,你只要帮我搞到一个布囊,我就可以自己去买啊,是不是很聪明,嗯?"

"可是……可是道长……"

喜喜有些为难,还想再说些什么,却被白灵珠一指弹出了窗子,紧接着是她阴谋得逞后的奸笑:"去吧,喜喜,我相信你!"

喜喜在半空中扑棱着翅膀,眼睁睁地看着白灵珠合上了窗户,无奈地叹了口气,连个休息的时间都不给,简直是丧尽天良!

它看了一眼大街上来来往往的百姓,他们身上似乎都有珠珠所说的精致布囊,但大多都被系在腰间或藏在怀里,它这么明目张胆

地去解人家的钱袋,真的不会被打死吗?它可是一只鸟哎!

正当喜喜发愁的时候,它忽然发现隔壁屋子的窗户开了一条小缝,恰好能让它飞进去。于是,它通过那条小缝飞到了隔壁房间,发现里面的摆设跟白灵珠那间差不多,通过地铺来看也是一男一女。

似乎感应到了什么,它的眼里突然放出了精光,然后飞到枕头下,准确无误地啄出一个布囊,还挺沉的!

当喜喜吃力地把钱袋丢到白灵珠的面前时,白灵珠狠狠表扬了它。

那钱袋做工十分精细,上面绣着复杂的花纹,右下方还绣了一个"谢"字,这些白灵珠都没有在意。她兴冲冲地拿着这些银子跑到大街上,将散发着香味的食物买了一个遍,等她大包小包地提着这些食物回到客栈时,连喜喜都被吓了一跳。

"珠珠,你怎么买了这么多吃的?道长会发现的。"喜喜看着她手中大包小包的东西,惊讶不已。

白灵珠已经开始大快朵颐,嘴里塞满了食物,她淡定地瞥了一眼喜喜:"先吃饱再说,没有力气,还怎么去拯救人间?"

"……"

傍晚时分,林啸风推开门的刹那整个人都愣住了,屋内一片狼藉,满地的食物残渣和油纸,将他手中提着的糖糕衬得分外不起眼。

喜喜见他回来,连忙将头缩到羽毛下,而白灵珠则捂着鼻子,眼神儿闪烁不定,想要避开他怒视的目光。

"灵珠姑娘……"

林啸风踩着无数张油纸走到她的面前,一字一顿地问:"你哪里来的钱买吃的?"

"我……"

白灵珠还未开口,林啸风便眼尖地从她身旁拿起了那个钱袋,盯着钱袋上的"谢"字拧眉道:"这是谢家兄妹的,我回来时,见他们正在盘问掌柜的是否看到有可疑人员进入了他们的房间。"

白灵珠怨念地看了喜喜一眼,喜喜则装作什么都没有看见,俗话说,兔子不吃窝边草,道理它都懂,可它只是一只鸟哎!

一向好脾气的林啸风有些生气,但又怕吓跑了白灵珠,不得不压抑心中的怒火,反倒显得他满腹委屈:"我告诉过你,不能因为一己私欲占有别人的东西。"

白灵珠见小道士是真的生气了,心里有些愧疚,但又不知该如何向他解释,只好摆出一副诚心悔过的模样,咬着嘴唇一言不发。

林啸风本想趁机教训她几句,但一看她这副模样,又有些不忍,毕竟,是自己将她从安逸的仙桃山哄骗出来的,说到底,他也有责任。

他重重地叹了一口气,将手中已经凉透的糖糕递给白灵珠,温言劝道:"既然花了人家的钱,就要想办法还给人家,明天跟我一起出工吧。"

"出……出什么工?"白灵珠接过糖糕的手僵了一僵,眼里也写满了警惕。

林啸风没好气地从包裹里抽出那块叠得整整齐齐的麻布,指着上面的字问白灵珠:"认字吗?"

"嗯嗯!"白灵珠弯着眼睛笑嘻嘻地讨好道,"神算。"

林啸风满意地点了点头,收起麻布后就不再搭理她了,留下白灵珠一脸茫然。

屋内一片狼藉,在接连几次差点儿因踩到油纸摔倒后,林啸风终于忍不住拉着白灵珠给屋内来了个彻彻底底的大扫除,惹得白灵

珠连连叫苦。

等收拾完屋子,林啸风依旧没有闲着,开始思索这几天的事情。

今日在城中逛了大半圈仍旧一无所获,大家都忙着寻找盘龙佩,根本无暇顾及其他。

回来时,他偶遇了隔壁的那对兄妹,并得知了他们的身世。他们原本是知府的一双儿女,名叫谢淮和谢乔,父亲却不知何故被人栽赃陷害入狱,如同昨夜所听到的那样,他们想找到盘龙佩为父亲申冤,至于钱袋,兄妹二人原本是一人一个,被偷走的是哥哥谢淮的那个,兄妹二人家境殷实,暂无生存之忧,林啸风却感到惭愧,以后还是让白灵珠在自己眼皮子底下活动为好。

对于白灵珠,林啸风多多少少是有些好奇的,仙桃山灵气充沛,十分滋养,出个精怪并不稀罕,但像白灵珠这般灵气动人,还可幻化人形的猪精则十分罕见。

不过,白灵珠虽然可以幻化成人形,但或许是因为修为不足,每当她吃了很多的东西,就会暴露出一些本体特征,例如,耳朵变得宽大,鼻子变得上翻,眼睛变得乌黑等,虽然不影响形态,但对于一个女儿家来说总归是不大美观,这也是白灵珠在暴食之后总会下意识地遮鼻子的原因。

太阳落山后,客栈里再次热闹了起来,店小二肩膀上搭着毛巾,举着托盘灵活地穿梭在人群当中。那些为寻找盘龙佩而来的江湖人士三三两两地围在桌前,痛诉着又一日的无功而返。交谈声、叫骂声不绝于耳。

白灵珠难得不饿,却还是被林啸风拉了出来,放眼望去,一楼已经座无虚席,林啸风四处看了看,终于寻得一张目前只有二人的

桌子走了过去。

"请问,这里有人坐吗?"林啸风问道。

闻声,二人回过头来。

白灵珠忽然如呛了水般疯狂咳嗽起来。

怎么就这么巧,偏偏是谢淮谢乔两兄妹!

谢乔穿着一身鹅黄外衫,梳着两个灵巧的发髻,一副小家碧玉的模样。看到白灵珠,往旁边挪了挪,眉眼弯弯道:"没有,你可以坐在我旁边的这个位置上。"

她说完,好奇地打量着这个与她年龄相仿的女孩,只觉得她泛红的脸庞十分可爱。

白灵珠一脸不自然地挨着谢乔坐了下来,倒是林啸风,看起来跟谢淮很熟的样子,在招呼店小二要了四碗面后,两人就热络地聊了起来。

白灵珠不知道他们两个人是什么时候建立起了交情,她坐在谢乔身边,眼神无处安放,只好盯着与林啸风攀谈的那名少年。

少年虽然跟林啸风年纪相仿,性格却截然不同,那双狭长的凤眸一看就很精明,而林啸风则是一副初次下山不谙世事的模样。

许是感受到了异样,谢淮眼尾一抬,目光状似不经意地扫向白灵珠这里。

白灵珠有些心虚,慌忙移开视线,左顾右盼之际,忽然在楼梯处发现一抹熟悉的身影,当即激动地大叫起来:"周大哥!周大哥!过来坐这里吧!"

周捷正站在楼梯上皱着眉寻找空桌,循着呼声望去,不由得会心一笑,走了过去。

"二位,又见面了。"

"昨天的故事还没讲完呢。"

有了认识的人，白灵珠终于放松了些，迫不及待地缠着周捷，要继续听游湖的故事。

还未等周捷开口，谢乔也含着笑意望了过来："是什么样的故事呢，我可以听吗？"

"当然可以，是周大哥自己的故事！"

白灵珠一时忘记喜喜偷了谢乔钱包的事情，索性又将周捷和三公主的故事重新对谢乔讲了一遍。

谢乔听得十分入迷，也和白灵珠一样，被这个爱情故事深深打动，眼中波光泛滥，不住地轻叹。

至于林啸风和谢淮，他们俩对这些姻缘故事一点儿兴趣也没有，为了不扫他人兴致，只好默契地闷着头喝茶。

只是，在得知周捷也是来寻找盘龙佩的时候，谢淮微微皱起了眉头，看向那个青衫书生的目光也带了些敌意。

而周捷似乎也感受到了这丝尴尬，面对眼前两个目光灼灼、迫切想要知道下文的少女，只好找了个托词匆忙离开。

白灵珠跟谢乔面面相觑，看着周捷红着脸跑开的样子，不约而同地笑了起来。少女特有的银铃般的笑声分外好听，惹得众人纷纷看了过来。

"我叫谢乔，住在你们隔壁，我们见过面的。"谢乔十分友好地自我介绍道。

"我叫白灵珠，住在仙桃村。"白灵珠有些兴奋，瞬间对这个友善的女孩充满了好感，这可是她下山来交的第一个朋友呢，以后有机会一定要请她去仙桃山玩。

林啸风看着她们一副知交的样子感到十分好笑，要知道，白灵珠上午还偷了人家的钱袋买吃的，居然转瞬间就和她成为好友，女孩之间的友谊还真是令人捉摸不透。

交到了新朋友,自然要畅谈一番,白灵珠跟谢乔一见如故,一直聊到了很晚,直到大堂内的人纷纷走光,两个人才被打着哈欠的掌柜轰到了楼上睡觉。

白灵珠为自己编造的"仙桃村村民"的身份丝毫没有引起谢家兄妹的怀疑,毕竟她本来就住在仙桃山上,跟村民也十分熟络,说一些民风民情对她来说并不是一件困难的事。

第二日,天还未亮,白灵珠便被林啸风叫醒,几乎整栋客栈都能听到她痛苦的哀号:"这么早,公鸡都还没起呢!你就发发慈悲让我再睡一会儿吧!"

"谁让你们昨天聊那么晚。"林啸风无视她的哀号,站在床头毫不留情地催促她,"快点儿起来收拾,我在楼下等你。"

"不是吧,真的要去算卦啊?"

白灵珠痛苦地将头从枕头下伸了出来,却在看清站在床前的人时,眼睛蓦然一亮。

只见林啸风穿着一身深蓝色镶黑边的道袍,稍微露出了洁白的里衬和裤脚,黑亮的头发梳起一半,在头顶绾了个发髻,插着一支乌黑色的木簪,右手拄着一根不知从哪里捡来的竹节,这副打扮将他整个人衬托得越发清秀。

她忍不住称赞起来:"嘻嘻……怎么之前没有发现你这么好看呢!"

林啸风面上一红,他从小到大都没被人夸奖过好看,只有师父偶尔会赞扬他练功刻苦,如今第一次被一个小猪精夸好看,反倒觉得有些不大适应。

他想说些什么,但嗓子眼儿像是被人掐住一般,一个字儿也吐

不出来，局促片刻，只好在白灵珠笑意盈盈的目光下仓皇离开，去摆弄他的神算物什。

师父给的盘缠已经不多了，何况还要养一个好吃懒做的白灵珠，再不挣些盘缠，恐怕二人真的要饿肚子了。

林啸风将写有"神算"二字的方布拿了出来绑到竹节上，无论怎样，先挣些盘缠，把谢家兄妹的钱还上，剩下的在今后太多的未知里肯定会用得上的。

为了防止昨日的事再次发生，林啸风这次说什么也要将白灵珠带在身边，并暗下决心纠正她好逸恶劳的不良习性，尤其是动不动就饿、吵着闹着要吃东西的坏毛病。

然而，在看到白灵珠哈欠连天，带着一脸委屈的表情从楼上摇摇晃晃地走来时，他还是默默地将一碗白粥和两个热气腾腾的包子推到了她的面前。

看到吃的，白灵珠下意识地两眼发直，同时心里也备受感动，她自然注意到了林啸风的小举动，这小道士看似木讷，心还是挺细的。

"喜喜呢？"林啸风环顾了四周一圈问道。

"还没起，它醒了会自己找吃的。"白灵珠狼吞虎咽地吃着包子，丢给林啸风一个感激的眼神。

吃罢早饭，白灵珠跟在林啸风身后，精神还是有些萎靡，大概是今天起得太早的缘故，每走几步，便要张嘴打一个哈欠。

不知走了多久，林啸风终于在天空泛起鱼肚白之际寻到了繁华街道上的一处空位，他在那处空位前停了下来，身后正闭着眼睛打哈欠的白灵珠猝不及防地撞到了他的后背上，她捂着被撞得发疼的鼻子，整个人瞬间清醒了不少。

旁边面摊的老板给二人贡献了一张板凳，两人并肩而坐，瞬间

吸引了不少来往百姓的目光。

一个粉衣少女懵懂可爱，一个蓝衣道长正气凛然，二人形成了鲜明的对比，偶尔有驻足的人打量着"神算"二字，却没有前来询问的意思。

整整一个上午过去，一个光顾算命摊的人都没有。即便如此，林啸风仍旧不慌不忙地翻着从道观里带出来的书籍，留给白灵珠一个格外专注的侧脸。

他的睫毛很长，在阳光的照耀下，那弯起的弧度煞是好看，白灵珠拽了拽自己的睫毛，有些嫉妒地朝林啸风扮了个鬼脸。

"道长……"

不知何时，一名身材娇小的少女绞着手帕、咬着嘴唇站到了摊前，扭扭捏捏半天，这才红着脸道："我……我想来算姻缘。"

有客人了！

白灵珠原本靠在墙上昏昏欲睡，此时一个激灵清醒了过来。

林啸风也有些激动，他连忙放下书本，取出布垫垫在手上，对少女说："麻烦姑娘伸出右手。"

少女明显经常在家洗衣做饭缝补衣裳，她的手不似富家小姐那般纤细白皙，而是有些粗糙，有的地方甚至布了一层厚厚的茧。

林啸风仔细端详着她掌心的纹路，抬头一笑："姑娘不必担心，我看姑娘的姻缘线清晰且深刻，相信过不了多久就会遇到那个跟你携手白头的人。"

"啊！"少女捧着手心十分激动，眼睛里闪烁着激动的水光，看向林啸风的眼神更加崇拜，"是真的吗？"

林啸风郑重地点了点头。

"多谢道长！"女子兴高采烈地起身，随后，欢呼雀跃地跑去招呼不远处正在窃窃私语的姐妹们。

直到那名女子走远,白灵珠才目瞪口呆道:"这位啸风子道长,她好像还没给钱呢……"

"……"

林啸风脸上一红,错开眼神支吾道:"她没提,我也不好意思找她要……"

"你还真是……善良。"白灵珠想了半天没有想到一个合适的词来形容他,只好翻了个白眼,双手无奈一摊,索性继续靠着墙角闭目养神。

今天不知怎的,她始终感到有些心神不宁,即使大街上的百姓并无异样,她还是察觉到了丝丝怪异。作为精怪,她自然有感知同类的能力,正皱眉感受那丝怪异的来源,不远处小巷中的一声喊叫将她彻底惊醒。

"有妖怪啊!"

白灵珠猛地睁开眼睛朝巷口望去,只见一道幼小的身影以极快的速度蹿了出来,在奔跑的同时还不忘谨慎地观察四周,在看到白灵珠时怔了一怔,瞬间便消失在了不远处的街角。

"道长,你看到了吗?"白灵珠惊讶地指着那道身影消失的方向,"他的眼睛……"

"嗯,红眸,是来自魔界的。"林啸风也站起身来,看着身影消失的街角微微失神,"难道魔界也派人来寻生辰塔了吗……"

白灵珠看了看街角,信心满满道:"咱们可以抓住他问一问!"

"你可以吗?"林啸风有些怀疑地看着白灵珠。

"喊!竟然敢小看本灵兽,跟我来!"对林啸风怀疑的语气感到十分不爽,白灵珠一把抓住他朝一个方向走去。

两个人拐到一个街角,白灵珠不假思索地指着那条散发着不明

黑烟的胡同,长长的胡同一眼望不到尽头,此刻浓雾弥漫,令人望而却步。

"就在尽头,嗯,有三个。"白灵珠眯起眼睛,摇头晃脑地感知着。

林啸风先是有些吃惊,反应过来赞赏道:"厉害。"总算发现了她除了吃和睡以外的长处。

白灵珠很是受用,得意地扬了扬头颅,看小道士从袖中掏出三张画着奇怪符号的符纸。

只见他将那三张符纸夹在食指和中指之间,随后聚精会神地不知念了什么咒语,三张符纸如同长了翅膀一般飞进浓雾之中,不出片刻,便传来了音色各异的惊叫声。

待浓雾散尽,二人直奔胡同尽头,却在看到眼前的景象时,不由得怔住了。

精怪幻化成人是根据道行来幻化对应年龄的,而定身符定着的这三个精怪道行太浅,此刻不过六七岁孩童的模样。

一个绿衣裳的小女孩正气鼓鼓地盯着他们,腮帮子都凸了起来。还有一个脸上满是鳞片的红衣小男孩更是大声嚷嚷了起来:"不得了啦!不得了啦!猪精跟道士结盟啦!"

林啸风一脸愕然地盯着这三个幻化成人的小朋友,白灵珠则揉了揉自己的鼻子,走到那个一言不发的黑衣裳小男孩面前蹲下,伸手捏了捏他的脸颊:"小弟弟,告诉姐姐,你们是从哪里来的呀?"

"哼!赶快放了我们,不然我们老大不会放过你们的!"黑衣小男孩高傲地将脸转到了一边。

"老大?"白灵珠和林啸风面面相觑。

"你们老大是谁?"林啸风也半蹲到了他们面前,努力让自己

的声音听起来亲和一点儿。

"我们老大就是刑天家族最年轻有为英俊帅气风流倜傥文武双全玉树临风无人不知无人不晓的大魔头刑天厄!"

三个人异口同声道,每个人的脸上都洋溢着自豪的光彩。

"没听说过。"白灵珠挠了挠头一脸纠结,"那你们是谁?"

"我是他家后院池塘里的青蛙!"绿衣小女孩边说边鼓起了腮帮子。

"我是鲤鱼。"红衣裳小男孩道,与此同时,层层鳞片的轮廓也在他的脸上隐约浮现了出来。

"我是秃鹫。"黑衣小男孩的双眼瞬间变得血红,正是二人刚才看到的那个快速消失的身影。

"好好好,小青、小红和小黑!"白灵珠努力摆出一副慈爱的表情柔声道,"那能不能告诉姐姐,你们来干吗呀?"

"我们来找……"小青话未说完便被小红干脆地截断,"我们奉命来人间捣乱,要把刑天厄变成一个令凡人闻风丧胆的名字,毕竟我们老大是励志要成为大魔王的男人!"

林啸风的表情十分纠结,魔界莫非是没有人了吗?居然派几个乳臭未干的小毛孩出来执行任务。

"哈哈哈,你们三个小鬼加起来还没有五百年道行,你们老大怎么会让你们出来执行任务呢?"白灵珠说出了他想说的话,此刻正捂着肚子笑得上气不接下气,仿佛听到了这个世界上最好笑的笑话。

"谁叫我们老大总是被魔王无视,他也很绝望啊,他说难得有一个出风头的好机会,就偷偷把我们带出来喽!"小青委屈巴巴地看着林啸风道。

"嘴大漏风。"小黑冷冷地看了小青一眼,小青不甘示弱地瞪了回去,若不是还被贴着定身符,二人此刻怕是要拳脚相向了。

白灵珠笑着站了起来,带着询问看向了林啸风,他想要知道的她都已经问出来了,接下来该怎么做就看他了,想来他也不会伤害这几个道行只有一百来年的小朋友的。

林啸风托着下巴思忖了片刻:"除了你们三个,永安城内还有多少你们的同伙?"

"很多!"小红勇敢地与林啸风对视。

林啸风了然,随后抬起手,念了个咒语,三名小精怪身上的符纸便化为灰烬随风飘散了。

他们欣喜若狂地站了起来活动了下筋骨,却听小道士用半开玩笑的口吻道:"去告诉他们,不要再在城内做坏事了,如果再被我抓到,可不会轻易放过他们。"

三名幼童如蒙大赦,飞快跑远,几乎瞬间就消失在了胡同口。

先不论刑天厄是什么来头,让林啸风笃定的是玉帝并没有骗他,魔界的确也在大肆寻找生辰塔并妄图破坏它。刑天厄是没有经过魔王命令单独行动的,也许只是误打误撞来到了永安城而已,可万一就被他给找着了呢?

摆平了一干小精怪后,林啸风也无心继续出摊,索性带着白灵珠回到了客栈。刚刚跨过门槛,便与谢淮和谢乔打了个照面。双方同时一怔,谢乔打量着一身道袍的林啸风,脸颊不由得红了红:"原来林兄是道长,失敬失敬。"

林啸风还未开口,白灵珠先从身后冒了出来:"咦?你们是要出门去吗?"

谢淮听到这话,嗔怒地看了谢乔一眼,谢乔则撇了撇嘴,抱紧了手中的红木盒子。

只听得自家兄长语气十分无奈道:"家妹被父亲惯坏了,出门在外仍不知节省,花钱大手大脚,不慎遭遇歹人蒙骗,我正要去帮

她讨个说法。"

"那二位路上小心，近日城中阴气很重，恐怕是有妖魔作祟。"一向热心肠的林啸风好言相劝道。

"有林兄这样的高人在，它们想必也不敢造次。"谢淮微微一笑，随即带着谢乔走出了客栈，林啸风看着二人的身影走远，也转身回了房。

为了表彰白灵珠乖乖当了一天跟班，林啸风特地买了块糖糕犒劳她，哪想，白灵珠两三口下肚后，就又倒在床上继续哀号了起来。

"我好饿呀……好饿……"

林啸风已经习惯了她动不动就叫饿的体质，但仍对她饕餮般的胃口感到疑惑："为什么要吃这么多呢？凡间的食物对你的修为也没有用。"

"谁说没用的！"白灵珠翻身下床，坐到林啸风身边双手托腮，郑重道，"我如果在吃得很多的情况下现出原形的话，听力和嗅觉都会变得十分灵敏，看得也比平常要远很多呢。"

"当真？"林啸风有些不信。

"你不信的话，咱们可以试一试！"

白灵珠得意一笑，关于这一点她可没撒谎，虽然原形丑了点儿，但凭借这项技能，她没少受到村民们爱戴。

像找到走失在山里的老人，听到狼群夜袭的脚步声，闻到谁家新出炉的包子味等，用她的话说，没两下子还怎么当山神？她并没有白吃仙桃村村民的供品，她也是有出力的好吗？

林啸风对她的能力始终半信半疑，他并没有听白灵珠的话试一

试,而是选择继续在永安城摆摊子算命。

连续几日都鲜有人问津,偶尔来一两个测字求风水的平民也只付了极少的酬劳,林啸风数着手心里为数不多的几枚铜板,全然不知自己已经被笼罩在了一片阴影之中。

"这位小兄弟一看便是新来的。"

一道粗犷的声音拉回了林啸风的思绪,也惊醒了靠墙睡得正香的白灵珠。

来者是五名大汉,为首的那位大汉皮肤黝黑、身材高大、眉心有道疤,此刻正狞笑着看着林啸风和白灵珠。

"算卦还是求签?"林啸风丝毫没有察觉到危险的到来,而是照旧放下书籍,一脸平静地问。

"算卦?那就算算你这几天该交多少钱给我们,哈哈哈!"大汉哄笑道,"小子,这里是我们的地盘,想要在这里摆摊,就必须要孝敬我们永安五虎!"

白灵珠听得这句话忍不住弯起了嘴角,这道理她懂,就跟当山神要求村民上供一样,只可惜某些人不长眼,收钱收到了她的头上,林啸风一路上对她都不错,此刻他被欺负,她是绝对不会袖手旁观的。

几名大汉见林啸风没有反应,索性将竹筒里的签子通通倒到了地上,用脚反复踩着。

林啸风一张清秀的小脸憋得通红。他一向与人为善,不好争端,尽管师父经常指着他的脑袋骂他愚笨,他依然坚持自己的原则。

但现在,大汉的行为越来越过分,他不由得握起了拳头。

正当他纠结是否要出手教训这群人时,为首的大汉惨叫一声后轰然倒地,露出身后那名俊逸从容的少年来,而后,一名少女也轻

快地从一旁闪了出来,不是谢淮和谢乔两兄妹又是谁?

"道长,灵珠,他们是不是欺负你们?"谢乔嫌恶地看着倒在地上的大汉愤然道。

"对对,就是他们!"白灵珠一副找到救兵似的疯狂点头,"叫什么永安五狗的,非要找道长收保护费。"

谢淮手持一截短棍,一副武家子弟的模样,令人畏惧不已,闻言,他盯着五虎冷笑一声:"欺软怕硬之辈也敢称五虎?"

那名眉心有道疤的大汉在同伴的搀扶下站了起来,看向谢淮的神情有些畏惧,再回过头来细细打量这四位年纪相仿,模样不俗的少男少女,恶狠狠地咬牙道:"我黑虎记住你们了,等着瞧!"

"哼,等着瞧就等着瞧,谁怕谁还不一定呢!"白灵珠双手叉腰,不甘示弱地出言反击道。

大汉吃瘪,却也只能干瞪眼,最后还是被自己的同伴给拖走了。

待那群人走远,林啸风对谢淮感激道:"多谢谢兄仗义出手。"

"不用谢,我们也是刚好路过。"谢淮收起短棍,顺便上前弯腰帮林啸风拾捡那些被弄脏的竹签。

谢乔跑上前来拉着白灵珠的双手一脸担忧:"灵珠,你没事吧?刚刚都没见你害怕,好厉害啊……"

"没什么好怕的,道长一根手指头都能把他们捏死!"白灵珠毫不客气地夸张道。倒是林啸风,在听到这句话时为自己刚才的犹豫羞愧。

自此一事后,四个人之间的感情较以往又更进一步。

这日,白灵珠和林啸风继续打算出门摆摊,抬头便看见谢家兄

妹从外面归来。

白灵珠一见兄妹二人的行头，便知道两人又去寻找盘龙玉佩了。

这几日，永安城明显太平了些，就连小青、小红、小黑都不见了踪影，不知是不是林啸风的恐吓奏效，又或者是他们另有密谋。

"话说，你们在……算卦？"谢乔路过两个人的门前，看到方布上的"神算"二字开口问道。

白灵珠尴尬地笑了笑："是啊……我们要出远门，先挣点儿盘缠。"她这么说完全是为了给林啸风面子，如果不是他执意要将自己带出来拯救人间，她还在仙桃山享受着村民上供的美食呢，美好的日子真是一去不复返啊！

"那可以带我们一起吗？"谢乔犹豫了一下，开口问道，与此同时，她谨慎地看了林啸风一眼，神情有些愧疚，"自从我弄丢了钱袋，花的都是哥哥的钱，我们的盘缠也快要用尽了。"

白灵珠的脸红了一下，回头看了看林啸风，征求他的意见。小道长正一言不发地在收拾东西，听到这话微微扬了扬下巴，示意她自己决定。

"那……那好吧。"白灵珠点了点头，有谢乔相伴，算卦的日子想必不会那么单调枯燥了吧，至少和她一起总比和沉闷无趣只知道念叨自己的林啸风有趣。

得到首肯，谢乔十分开心，精致小巧的脸上写满了兴奋。

白灵珠见她这般欢喜，灵动的眼珠一转，忽然来了主意。

她凑到谢乔的身边，对着她耳语一番，那双眼放光的模样让身边的两位少年俱是一头雾水。

耳语完毕后，两个人便分散跑开，一头扎进了人群之中。一连几天都是如此，林啸风一开始不以为意，只觉得前来算卦求签的客

人忽然间多了不少,甚至需要谢淮出面来维持秩序,这才觉得有些奇怪。

围观的人群熙熙攘攘,窃窃私语声不绝于耳。

"听说他就是永安城那个神算道长。"

"真是年轻有为,听说还能开天眼,窥天命。"

"张裁缝家里前几日频生怪象,跟这位道长求了个符回去贴到门上,好了!"

神算摊从刚开始的无人问津,到现在每天都挤满了人,林啸风总算明白了白灵珠和谢乔两个人每天的去向。

虽然面对这么多的人他偶尔也会有些无措,不过出名也有出名的好处,渐渐地,他在永安城中变得小有名气,每日的收入也多了起来,跟谢家兄妹平分之后还能剩下不少。

他的心头不由得涌上一股暖意,真应该买些吃食好好感谢感谢白灵珠。

"神算!神算!"

就在林啸风愣神之际,一道尖锐熟悉的声音自头顶上方响起。他抬头一看,就见一只喜鹊正在他的头顶上方盘旋,不停地喊着神算。

越来越多的人被吸引了过来,指着喜鹊惊讶不已。

"喜鹊都会开口说话了,看来真的是神算啊!"

居然连喜喜都派了出来。

林啸风哭笑不得,通过层层围观的百姓,他看到躲在巷口吃着炸糖糕的粉裙少女正冲他乐呵呵地笑着,褐色的糖汁粘在她白皙粉嫩的脸颊上,又黑又亮的眼睛几乎弯成了一条线,另一只手则比了个大拇指。

他忍不住也冲她笑了笑,殊不知这抹笑容看在白灵珠的眼里有

多呆多傻。

就在这时,一名青衫书生摇着折扇缓缓走到了人群的最前面,声音分外儒雅动人:"林小兄。"

林啸风闻声,将视线从巷口拉了回来,待看清来人,怔了一怔:"周公子?"

来者正是这几日都未见到的书生周捷,他较前几日相比少了些颓然,多了些神采,唯一不变的仍是举手投足间那股难以言喻的落寞之意。

"近些日子听闻城中出现一名神算,无所不知,无所不晓,听人形容我便猜到是你,今日一见果真如此。"周捷微微笑着,打量了一下眼前简朴的摊位。

林啸风谦虚道:"不敢当,是百姓过誉了。"

白灵珠跑了过来,一脸兴奋道:"周公子!周公子!你这几日干什么去了?好久没见到你了!"

周捷看着白灵珠脸上未干的糖渍莞尔道:"承蒙知州大人赏识,前去探讨了几日古籍。"

他说到这里,顿了顿,敛去笑容,目光有些凝重地看向林啸风:"知州大人的三夫人前些日子不知何故忽然昏厥,再醒来时神志痴癫,亲友不辨,连御医都束手无策,林小兄若是能治好,知州大人有重金酬谢。"

林啸风等人很快被请到了知州府做客。

谢淮仍是一脸冷漠,白灵珠和谢乔则手挽手地走在知州府邸的后花园中,赞叹着那些不知名的花儿。

林啸风神情凝重地走在最前方,他并不是因为什么重金酬谢,而是在听了周捷形容的三夫人的病症后,觉得根本不像是生病,倒

像是有邪灵作祟，若真是魔王在搞鬼，说不定还会跟生辰塔有些关联。

他的猜测很快通过白灵珠得到了证实：离卧房越近，白灵珠的神色就越古怪，脸色发白，肩膀也微微发抖。

"很厉害吗？"林啸风走到她身边担忧地道。

白灵珠没有说话，只是拼命地点头。

一行人在离卧房不远的地方被拦了下来，一名身着朝服的中年男子走了过来，恭敬地对林啸风抱了抱拳："久仰神算大名，不知小道长仙师何处，如何称呼？"

林啸风同样恭敬地回礼道："紫竹山青云观啸风子参见知州大人。"

"好，道长和朋友们年纪轻轻便身怀绝技，真是后生可畏。"

知州大人赞赏地看了看四个人，接着愁容满面地看向卧房："玉婷七日前上山拜佛，回来后便成了这个样子，狂躁嗜血，甚至咬伤了贴身的婢女，本官无奈，只好将她锁在房中，道长若非有十足把握，定要小心行事……"

"贫道自有分寸，多谢知州大人提醒。"林啸风道。

知州大人点了点头便大步离去，看他一身朝服的样子像是要进宫面圣，与此同时，卧房内再次传来了尖锐的抓挠声，像是指甲拼命抓木质地板的声音。

不能在未知的情况下贸然进去，这使得任务的难度大大增加。

如果只是被妖灵附体的话，只要施法将妖灵驱出体内就可以了。但在看不见、听不见，还不能接近的情况下，如何才能得知屋内三夫人的情况呢？

林啸风负手打量着阴气森森的卧房，清秀的眉头拧成了一道滑稽的波浪。

白灵珠仿佛看出了林啸风的苦恼,悄悄凑到他的跟前,低声说:"不如让我试试?"

"你?"林啸风的眉头拧得更深,虽然白灵珠前些日子是帮他拉了不少生意,打响了神算名声,但本质上还是只爱吃爱睡、好逸恶劳的小懒猪,她能做些什么?

白灵珠看出了林啸风的疑惑,自尊心备受打击,狠狠掐了一下他的胳膊:"哼,你就这么不相信我的能力?我好歹也是一只有修为的灵兽好吗?"

林啸风被她拧得倒吸一口气,没想到一贯软萌的白灵珠凶起来这么可怕,于是连忙服软:"好,灵珠大人,这事儿就交给你了!"

白灵珠满意地松开手,拍了拍小道士的肩膀,一脸志在必得地说:"接下来就让你见识见识本姑娘的实力,看你还敢不敢轻视我!"

林啸风揉了揉酸痛的胳膊,只觉得一个脑袋两个大,但转瞬想到白灵珠之前跟他说的她有特殊能力,心里又有了些期望,或许,这小猪精真的会带给他惊喜也说不定……

傍晚时分,知府大人给四位贵客分别安置了舒适的卧房,并吩咐下人准备了丰富的晚宴。

白灵珠吃得眉开眼笑,林啸风却只吃了几口后就放下了筷子,写了一张自己需要的物品清单递给府里的仆人,便催着白灵珠出了门。

等他们回来时,众人发现那名粉衣少女不见了,回来的只有小道长一个人,确切地说还有一只小猪,淡粉色的,此刻正安静地伏在道长的臂弯中,睁着圆圆的眼睛左顾右盼。

谢乔没瞧见白灵珠,特意寻找了一番,确定不见她的身影后,这才问林啸风:"道长,灵珠去哪里了?"

林啸风的眼神在怀中小猪的身上匆匆一扫,用不自然的语气回道:"她昨天吃太多了,身体有些不舒服,我让她在客栈休息。"

谢乔一听白灵珠生病了,脸上露出担忧的神色:"严不严重啊,要不我回客栈陪她吧?"

"不用不用!"林啸风连忙制止道,"她没什么大事,睡一觉就好了,我们还是先以这里的事情为主。"

"那好吧。"谢乔摊了摊手,不再说话。

林啸风重重地舒了一口气,他第一次撒谎,有些心虚。

白灵珠所谓的计划就是让自己恢复原形,用她的话来说,当自己恢复原形时,她所有的感官都会变得比平时灵敏百倍,届时查探知府夫人的病因就会容易许多。

至于恢复原形的方法,她漫不经心地表示,只要给她点儿吃的就好了。

于是,林啸风目瞪口呆地看着白灵珠将堆成小山一般的食物全部解决,然后由一个可爱的粉团少女,一点点变成一只淡粉色的小猪。

他神色复杂地将这只粉色的小猪揣到怀里,带回府中,还必须小心翼翼地防止被他人发现。

要知道,若是让大家知道他怀里的小猪就是方才的那名粉衣少女,估计会被当成妖怪打死,而他自己,也会被当成与妖怪勾结的妖道逐出城外。

只是,白灵珠的原形实在是太重了,简直就是一个小肉球!她又吃了很多东西,林啸风不过抱了一会儿就汗流浃背,手臂发酸了。

好在大家都以为他的异样是疲惫所致,根本没有往别处想,反倒是白灵珠,在听到他说自己吃得太多时,十分不满地"哼哼"了两声。

谢乔听到叫声,把注意力转移到林啸风怀里的小猪身上,她弯下腰,伸手拨弄着粉色小猪的两片肥大的耳朵笑道:"这小猪可真可爱呀,不知道是做什么用的?它的眼睛好像灵珠,哥你快来看看啊!"

谢淮只是淡淡地瞥了一眼,根本没有打算搭理她的意思。

反倒是站在不远处的周捷走了过来,同谢乔一起拨弄着小猪的耳朵道:"想必是用来做诱饵的吧,知州大人说了,三夫人现在嗜血。"

粉色小猪很明显地打了个冷战,如果林啸风敢拿她当诱饵的话,她一定不会放过他的!

夏日炎炎,凉风习习,由小院的布置风格便可知晓,知州大人的三夫人玉婷乃是一位极具风雅闲趣的美人。

只见屏风遮住的石凳上摆着一副白玉棋盘,黑白二子正厮杀得激烈,葡藤蔷薇架下系着一架秋千,被风吹得轻轻摇曳着。

知州府内包括知州大人在内的闲杂人等早已退到了距离三夫人院落十丈开外的长廊中,徒留林啸风等人站在距离三夫人寝房几步远的地方面面相觑。

白灵珠耸了耸耳朵,林啸风立即明白她有话要说,于是以屋内气息不得被干扰为由,命其他人向后退了几步。

"我看见……三夫人正趴在地上不停地用指甲挠地板,好像还

有点儿血腥味。"白灵珠伏在林啸风臂弯里认真道。

林啸风看了看前方被封得死死的屋子,对白灵珠有些钦佩,忍不住赞扬地摸了摸她头顶的绒毛,白灵珠嫌弃地扭过头:"不许吃本姑娘的豆腐。"

林啸风好笑地拿开手,回想着白灵珠刚才的描述陷入了沉思,他回头询问周捷道:"周大哥,三夫人此前可是有去寺庙上香吗?"

周捷点头:"不错,三夫人正是七日前上雨禅寺拜佛,回来后便成了这个样子。"

林啸风了然,将白灵珠刚才打探到的信息统统告诉了周捷,周捷只当是林啸风施展的仙术,对他大肆夸赞,听得白灵珠直翻白眼。

"道长,你怀中的这头小猪为何一直哼叫个不停?"周捷疑惑地看着那只憨态可掬的淡粉色小猪问道。

"可能是饿了吧。"林啸风连忙安抚了几下怀中小猪,拼命按住了它乱蹬的短腿,"所以据我判断,三夫人极有可能惊扰到了林中修行的灵蛇,导致灵蛇发怒潜入体内,成了如今这副模样。"

"我的妈呀,我最怕蛇了!"谢乔一听到蛇,立马跳到了自家哥哥身后。

谢淮无奈地看了自家妹妹一眼,不动声色地向前走了两步,将她挡在身后。

周捷摇了摇扇子,将目光从小猪身上移开:"那依道长之见,我们要如何将它制服?"

林啸风抱着小粉猪面色逐渐凝重,白灵珠歪着头瞥了他一眼,只觉得阳光下小道士秀逸清朗的侧脸甚是好看,睿智和冷静被笼在又长又弯的眼睫中,看上去也不是那么木讷嘛。

"麻烦周大哥替我备一些朱砂和黑墨,再准备一些牛筋绳。"

"这就去办。"

片刻之后,林啸风需要的东西已经准备齐全,一张长方形桌案上整齐地摆着笔墨纸砚和一坛朱砂,右侧放着一捆小指粗细的牛筋绳,左侧竟然还摆着一盘苹果,一看便是管家为了美观刻意为之。

察觉到怀中的小猪已经按捺不住体内的吃货之力,开始乱蹬蹄子,林啸风只好将它放到桌案上,拿起毛笔蘸了朱砂和黑墨,凭着印象在灵符上画起了束魂符。

"这一笔要画到哪里来着?应该就是这里吧……"林啸风拿着毛笔喃喃自语,察觉到身后众人好奇又热切的目光,握笔的手不由得有些微微颤抖。不经意间抬头一看,装苹果的盘子已经空了,那只吃得圆滚滚的粉色小猪正趴在桌子上直勾勾地盯着他看。

"嗝——你画完没有啊?我都吃饱了。"白灵珠舔了舔嘴角心满意足道。

林啸风看着手中凭印象画出的似像非像的束魂符,又看了看一脸惬意的白灵珠,心里盘算着,一会儿若是这符出了什么差错,干脆就拿她当诱饵喂蛇妖算了。

阳光越来越烈,马上就要到正午了。正午时分是驱除阴物的好时辰,林啸风走到谢淮面前,举起手中的纸符,指尖轻轻一点,将咒符变成两张:"劳烦谢兄与我一同前去制服那妖物。"

谢淮抽出一张纸符看了看,问:"这符咒有什么用处?"

"那妖物道行高深莫测,所以我画了两张以防不测,这两张束魂符只要有一张能贴到它的七寸上,就能将它制服。"林啸风解释道。

这两张符虽然一眼看上去并没有什么异样,实际上却有着微小的差别,因为他实在记不得当年师父教的笔法,便凭着印象画了两

张相似的符,一张主定身,一张主束魂。

如果谢淮拿走的是定身符,在他将符纸贴到妖物的七寸后,他只需将手中的束魂符补上就可以了。如果是自己得到先手,就可以将精怪一击制服,谢淮手中的定身符就可有可无了。

感受到众人投来的赞赏的目光,林啸风无论如何也说不出自己忘了束魂符怎么画的话来,他现在可是永安城最年轻有为、最神通广大的道士,要是败了师门名声,师父的竹节棍恐怕又要往他身上招呼了。

"会有危险吗?"谢乔怯生生地从谢淮身后探出头来。

"你待在这里就好。"还未等林啸风开口,谢淮便义正词严地给妹妹下了命令,似乎对自己的武功受到质疑颇为不满。

"那你们要小心啊……"谢乔咬着嘴唇,似乎对自己没能帮上什么忙而感到十分愧疚。

林啸风想了想,走到谢乔的身边,将怀中的粉色小猪交给了她:"这只小猪就劳烦谢姑娘代为照看了。"

谢乔一见有小猪跟她做伴,立即眉开眼笑起来,她接过林啸风手中的小粉猪,揉着它柔软的肚子玩得不亦乐乎:"它真是太可爱了!道长,这头小猪到底是干吗用的啊?"

"喀喀……天机不可泄露。"林啸风咳嗽了两声,随即招呼了谢淮走向三夫人的卧房。

为了防止三夫人再次跑出来伤人,原本悠闲雅致的小筑被结实的木板封得严严实实,不见天日,只留了一处可供一人进出的小口。

知州大人怕自己的爱妾饿死,特地命婢女每天送饭,还下令凡是给三夫人送饭的下人当月工钱翻倍,被抓伤咬伤的另赏一百两,足见他对三夫人有多宠爱。

林啸风和谢淮先后钻过那个小口，进了三夫人的卧室，整间屋子几乎是看不到外界阳光的，只有数十根蜡烛燃烧在屋子的各个角落。

谢淮背着一根短棍负手站在不远处，借着昏暗的烛光环视了屋内，继而将目光停留在床榻上。

透过层层覆盖的红纱，隐约可见一名美人侧卧其上，房间内还飘散着阵阵不知名的幽香，让两位少年颇感不适。

察觉到有生人进入，那个美人婀娜起身，慵懒地撩开红帐走了出来。

借着幽暗的灯光，林啸风和谢淮看清了三夫人的样貌，只见那双眼睛已经变成了恐怖的金色竖瞳，樱唇里也隐约可见两颗凸出的尖牙。她打量了两个人一会儿，忽然开口："你们是来送饭的吗？"

林啸风和谢淮听到三夫人说话，着实吓了一跳，因为三夫人外表看上去跟普通的女子没什么两样，但发出的却是一名成年男子的声音，语气带着询问，还带着几分戏谑。

还没等林啸风开口自报家门，谢淮早已抽出了短棍，语气一贯的冰冷："我们是来取你性命的。"

"……"

谢淮一句话，"三夫人"先是一怔，邪魅一笑后，突然朝他们飞了过来！

二人还未反应过来，只听"咣当"一声，"三夫人"的手还没碰到他们，自己倒先被地上的不明物体绊倒在地。身旁的花架受到

震动,一个细颈瓷瓶晃了两下后直直地砸到了她头上,碎成数瓣。

林啸风差点儿没忍住笑出声,这蛇妖,是来搞笑的吗?

"道长!少侠!你们可千万别伤到玉婷呀!"知州大人听到屋内的声响,紧张地朝屋内喊道。

至于屋内的两个人,根本就没有将知州大人的话放在心上。他们看着"三夫人"从地面上慢慢爬起,揉着脑袋,一脸郁闷:"女人的身体怎么这么不经摔,哟,痛死我了!"

见蛇妖似乎还没有完全控制住"三夫人"的身体,林啸风和谢淮对视一眼,闪电般地将手中纸符朝"三夫人"后颈贴去。

"三夫人"冷笑一声轻松躲开,继而站在不远处大笑不已:"就凭你们两个小毛孩也想制服本大爷,怎么样,我的演技还不错吧?"

原来刚才只是在做戏骗他们!

看着眼前功力深不可测的蛇妖,林啸风决定使出自己的看家本领——晓之以理,动之以情。万一这蛇妖也是个讲礼仪有文化的精怪,那不就不用动手了?

他走上前,对"三夫人"拱手施了一礼:"啸风子本无意叨扰,请阁下恕罪,还望阁下早些离去,还夫人身体安康。"

"你这小道士看着傻吧唧的,说起客套话来还挺有模有样的,可惜本大爷不吃这套,这女人差点儿一脚把我的尾巴踩扁,我岂能轻易饶过她?"

"……"

原来只是踩了一下它的尾巴,就这么记仇,这小心眼的蛇妖。林啸风在心里默默翻了个白眼。

这时,"三夫人"忽然走到窗前,透过缝隙看向外面,眼中瞬间放出一道精光:"不过……"

"不过什么?"他疑惑地问。

四周都被木板封得死死的,林啸风不知道她在看什么,为什么会露出如此垂涎的表情?口水都快顺着下巴滴到地板上了。

"三夫人"回过头,擦了擦口水:"我在山里修炼了这么多年,还从来没有吃过猪肉,要是外面那小肥猪能让我尝一口,我一高兴,兴许就走了呢。"

话音刚落,谢淮立马收了短棍转身便要往外走,林啸风不解地问:"你要干吗?"

"抱猪去啊!"

谢淮白了林啸风一眼:"那头猪不就是用来当诱饵的吗?早知道这么容易,直接把它抱进来让它吃了不就完了!"

林啸风一听他要把白灵珠抱来给蛇妖吃,一把拉住他。

谢淮扭过头,疑惑地望着林啸风,对他的举动颇为不解。

林啸风有些无奈,他能怎么办?他也很绝望啊!难不成要告诉他,那头猪其实是白灵珠变的吗?

在谢淮疑惑的眼神下,林啸风只好说:"我的意思是……这种苦力活还是交给我来做吧。"

房屋不远处,谢乔正抱着一脸舒适的小猪嗑着瓜子晒太阳,暖洋洋的阳光洒在身上,要多惬意有多惬意。

白灵珠似乎完全沉浸在温柔乡里,丝毫没有察觉到危险的到来,直到听见脚步声,才悠然地睁开了双眼,乌黑的眼睛打量着林啸风,似乎在问"这么快就搞定了"?

林啸风没有多言,谢淮脸上的阴郁让谢乔隐约有了一丝不好的预感,尤其当林啸风将小猪抱走时,她立即变得眼泪汪汪:"它会有危险吗?"

"哼!"

谢淮在听到谢乔这么问后内心有些不满,女孩子真是善变,刚刚还担心自家哥哥的安危,现在就开始担心这头猪了,他不由得有些吃醋道:"没什么危险,顶多就是被蛇妖当作晚饭吃了。"

"啊?"

原本安静窝在林啸风怀里的小猪听到这句话先是一怔,随后发了疯似的开始挣扎起来,四只蹄子乱蹬,时不时抬头眼泪汪汪地对着林啸风"哼哼"两声。

"相信我,不会有事的,一会儿我跟谢淮会率先制服它,只是需要你的帮助。"林啸风轻言细语地哄着。

小猪犹豫了一会儿后终于安静下来,黑漆漆的眼中闪烁着信任的光芒。

"走吧,跟一头猪啰唆什么!"谢淮鄙夷地看了他一眼,转身走开,林啸风抱着小猪快步跟上。

白灵珠在进屋的那一刻只觉得浑身的猪毛都要竖起来了!

只见"三夫人"双眼通红,一看见自己,兴奋得不停搓手,嘴角还滴着口水,跟自己平时见到美食的反应一模一样。

这让她不由得打了个寒战,本能地往林啸风的怀里缩了一缩,寻求安慰。

"嘿嘿……小肥猪,一定又香又甜。"

"三夫人"低笑着,伸出双手,尖尖的指甲朝白灵珠探来。

"呜!"

白灵珠纵身一跃跳到地上,连忙躲到矮桌下面瑟瑟发抖,实在不敢跟这个蛇妖大哥有任何接触。

"别跑啊,快出来让我尝尝……"

"三夫人"搓着手半跪在地上,贪婪地看着白灵珠:"还有点儿道行,吃起来肯定大补……"

眼看着蛇妖距离白灵珠越来越近,谢淮余光看见林啸风已经翻手取出符纸伺机而动,忽然心中一阵不安,蛇妖一旦被制服,林啸风岂不是要在这永安城内名声大噪?明明无论外貌还是武功,自己都不输他的……

好胜心一起,谢淮暗中做出了决定,在"三夫人"即将碰到白灵珠时,林啸风如离弦之箭一般蹿了出去,将符纸扣在手心,朝"三夫人"的后颈贴去。

就在这时,谢淮不动声色地用脚将地面上的一个小瓷瓶踢了过去,林啸风全神贯注,并没有注意到脚下的异样。

只听"哎哟"一声,林啸风被绊倒在地,一头栽在了白灵珠的身上,压得那头小猪一声惨叫。

"好啊!你还想暗算我!"

"三夫人"见状,一气之下露出两颗獠牙,咬住了林啸风的肩头,林啸风只觉得右肩一阵疼痛,紧接着浑身都麻痹得无法动弹。

"三夫人"在咬了林啸风一口后愣了一愣,她疑惑地舔了舔嘴角的血,似乎在品味着美酒,这血的味道有点儿不一般,清甜甘美,让人忍不住还想再尝一口。

就在她打算再咬一口的时候,谢淮趁她不备,猛然将手中的符纸拍到了她的后颈上,"三夫人"如石化一般,瞬间僵在原地无法动弹。

定身符,谢淮拿到的是定身符!

林啸风终于弄清了这两个咒符,这蛇妖法力高强,怕是不出片刻就能挣脱束缚。想到这里,他撑着麻痹的身子朝谢淮大叫道:"快补上束魂符,在我手上,它要挣开了!"

"嗯?"谢淮一头雾水,正疑惑之际,蛇妖已经挣开了定身符的束缚。

"你们两个居然骗我?"

因为这两个人的言而无信,蛇妖一怒之下决定把他们连人带猪一起吃了。

林啸风见情况不妙,拼尽最后一丝力气抓住白灵珠的一只后腿,将它甩出了门外:"快跑。"

"都这个时候了,你还管这猪的死活!"谢淮吐槽了一句,随后拾起地上的短棍,打算跟蛇妖来个殊死一搏。

就在这时,一条绳索自他头顶飞过,准确无误地套在了"三夫人"的脖子上。

"哥,快来帮我!"不知何时出现的谢乔正咬着牙双手紧紧拽着牛筋绳的另一端,谢淮顾不得思考妹妹为什么会出现在这里,连忙接过绳索,兄妹二人一人握住绳索的一端,然后默契地同时收紧绳子,竟将"三夫人"勒得直翻白眼。

林啸风趁机补上束魂符,刚收回手,眼前一黑,便再无知觉。

白灵珠有时候觉得,算命真是一件轻松来钱快的好差事,例如,现在她靠着墙晒着暖洋洋的太阳,眯着眼打量着端坐在不远处的林啸风。

"姑娘红鸾星动,想必命犯桃花。"

"真的吗?怪不得我总觉得陈二哥老是偷看我。"布衣姑娘丢下二两银子,脸颊绯红地含羞而去。

"少侠红鸾星动,想必命犯桃花。"

"果真如此,看来寒剑山庄的比武招亲我是必须要去了,我跟大小姐简直是天生一对。"持剑少侠丢下五两银子,意气风发地离去。

"小姐红鸾星动,想必命犯桃花。"

"唉,也不知道宁公子何时才能来向我提亲……啊,宁公子!"身着锦绣的小姐无意间回头,眼波流转,吃惊地用手帕捂住嘴唇。

摇扇公子正笑吟吟地站在她的身后:"婉儿莫要担心,我明日便去提亲。"

公子小姐留下十两银子,并肩离去。

"话说,你怎么无论算谁都是这句话?"白灵珠贪婪地看着林啸风正在收入囊中的白银。

"他们喜欢听。"林啸风头也不抬地说。

白灵珠若有所思地离去,走在繁华的街道上,忽然迎面走来一华服老人,面泛红光,双颊高隆,若自己也能靠算命赚上一笔,那岂不是能在林啸风面前好好炫耀炫耀?

"老伯！我看你红鸾星动，想必是命犯桃花啊！"

老人听到这话蓦然睁大双眼浑身一僵硬，随后一位老妇人黑着脸从他身后站起，双手抓着他的头发便拖着他朝巷中走去，随后惨叫声不绝于耳。

"唉，顾员外早上刚被母老虎从醉梦楼拖出来，听说被打了至少五十个巴掌，脸都肿了……"

听着巷口传来的八卦，白灵珠悄然离开，深藏功与名。

林啸风醒来时已是傍晚,窗外红霞漫天,倦鸟归巢。他茫然地看了看四周,发现自己正躺在一张床榻上。他挣扎着起身,只觉得右肩一阵酸麻,伤口已经被包扎好,白色的纱布透出丝丝殷红。

之前的事情由混乱变得逐渐清晰起来,知州府、蛇妖、束魂符……

林啸风不记得自己是什么时候昏过去的,只是最后好像看见了谢乔的身影。蛇妖制服了吗?白灵珠又怎样了?

隔着床幔,他看到前厅隐约站着几个人影,似乎正在讨论着什么,看到床幔微动,一名少女欢快地叫出了声:"啸风子道长醒啦!"闻声,那几个人影便纷纷凑了过来。

这几个人分别是谢家兄妹、白灵珠和周捷,他们见林啸风醒了过来,都感到十分欣喜。

见大家都平安无事,林啸风长舒了一口气,问:"三夫人怎么样了?"

"我听你的话把那张符纸贴到了三夫人后颈,三夫人就昏过去了!"谢乔一脸认真地回想着,仿佛又回到了当时的危机中,"然后从三夫人的体内涌出好大一股黑烟,跑掉了。"

"妖孽已除,道长不必挂念,安心养伤即可。"周捷十分愉悦,毕竟林啸风是他向知州大人推荐的,此番除妖,啸风子和谢淮功不可没,不愧是英雄出少年。

"林啸风,那两张符到底是怎么回事?"一直没有说话的谢淮忽然开口,语气中带着一丝责怪,明明说好的先发制人,怎么就变

成差点儿全军覆没了呢?

林啸风的脸红了红,别过头看向窗外:"谢兄,这件事我以后再同你说,怪我粗心没有留意脚下,不知踩了什么东西被绊倒,差点儿把大家害死。"

谢淮闻言,耳尖一热,神情也变得有些不自然,却还是用不经意的语气说:"哦,那就以后再说吧。"一想到自己之前的行为,他就有些惭愧。

"好了,大家不要再吵了,还是让道长好好休息吧。"周捷笑道,随后一干人便谈笑风生地离开。

林啸风见众人离开,微微叹了口气,没想到第一次独立除妖,就出了这么大的糗,简直是给师门丢脸。正在心里反思自己,余光一瞥,发现屋内还木讷地立着一个人。

"灵珠姑娘?"他试探地叫了一声,白灵珠应声走了进来。

她的脸色有些憔悴,脸上带着淡红色的擦痕,林啸风见她这副模样很是吃惊:"谁把你打成这样的?"

"还不是你扔我的时候把我扔到门框上了!"白灵珠摸了摸脸颊,正要发一通脾气,但看着林啸风肩膀上渗血的纱布,责备的话却无论如何也说不出口,只好话锋一转,"但那个时候你还记得救我,我是来道谢的,谢谢你,道长。"

白灵珠还是第一次这样跟自己说话,林啸风竟然觉得有些不习惯,他默默地将发烫的脸转到一边,连说话都有些不利索:"没……没事,那是应该的。"

"还有一件事。"白灵珠忽然收起笑容板起了脸,"关于你摔倒的事,其实是……"

白灵珠的话还未说完,就见林啸风瞳孔骤然缩紧,目不转睛地盯着前厅缓缓升起的一阵仙雾,那仙雾愈来愈浓,紧接着一道人影

从雾中渐渐显现。

"小心!"林啸风翻身下床将白灵珠挡在身后,一脸警惕。

伴随着一阵爽朗的笑声,一位白衣男子从雾中缓缓走出,他拿着一支紫玉箫,温润似玉,身形若鸿,一双凤眸泛着浅浅的蓝色,仿佛藏着一片纯净的湖泊,他打量了二人片刻,悠然开口:"紫竹山青云观啸风子。"

林啸风见对方准确无误地说出自己的名号来历,一时惊异:"你认识我?"

"玉帝钦点的亥猪寻者,本上神岂能不知。"那男子把玩着手中的玉箫故作洒脱道。

"……"

说好的保密呢?天庭所谓的机密任务是不是也太不严谨了?

林啸风迟疑了一会儿,朝着男子抱了抱拳:"还未请教上神尊称。"

"喀喀!"男子清了清嗓子,收起玉箫,还故作正经地整了整衣领,"吾乃仙界汜水上神苏慕水,掌管银河,偶然得知你奉玉帝之命寻找守护兽的消息,恰好我有些线索,特来助你一臂之力,毕竟维护人间安宁人人有责,更何况咱是神仙呢!你说是吧,小姑娘?"

"啊?"白灵珠一头雾水地点了点头,见苏慕水眯着眼打量着自己,又默默往林啸风身后靠了靠。

"汜水上神?"林啸风摇了摇头,"没听过,你刚刚说要助我一臂之力,怎么个助法?"

"……"

苏慕水挫败地扶着额头,神情十分忧伤,在调整了心态之后抬起头,露出一个灿烂的笑容:"你们想知道亥猪的生辰塔在哪里,

却又不知从何查起,对吗?"

林啸风听到这句话,双瞳有些发亮:"正是。"

苏慕水看到林啸风双眼放光的样子,随手拉过一把椅子坐下,跷着二郎腿,故作神秘地摇头晃脑道:"据本上神所知,玉霁上人去南海游玩并非独行,而是跟他的同门师妹潋川仙子一起的。"

"潋川仙子?"林啸风惊呼道,整个人也显得有些激动,"就是那个掌管天下江河湖海的潋川仙子?师父对我讲过,她有着倾城之貌,是仙界第一美人!"

"⋯⋯"

喂,朋友,你的关注点是不是有些不对?

苏慕水撑着额头久久没有出声,半晌,勉强点了点头:"不错,就是她,玉霁脾气怪,没什么朋友,偏偏对这个同门师妹宠爱有加,凡是设立生辰塔的地方必将生机盎然适合修行,玉霁当然不会放过这个示好的机会,据说最后一个生肖将的生辰塔就被他徇了私情建在潋川的洞邸附近。"

苏慕水滔滔不绝地说着,如同街角的一位说书先生,将天庭的事描述得活灵活现。说完了玉霁和潋川,一时没有收住,又一连扒了好几位仙君的隐私八卦,连哪位龙王怕老婆,他都知道得一清二楚。

说到激动时,甚至将手中的紫玉箫当作惊堂木"啪"的一声拍到了桌上,玉箫应声断成两截。

众人目瞪口呆地看着苏慕水,苏慕水则盯着桌上的两截玉箫尴尬地笑了笑:"哈哈,不碍事,我一点儿也不心疼,不心疼⋯⋯"

良久后,他才把捂在心口颤抖不止的手放下来。

"⋯⋯"

"那潋川仙子的洞邸在哪里呢?"林啸风无视他一通唾沫横飞

的说书,直白地问出了自己最想知道的问题,他已经总结出了苏慕水那段话的关键所在,找到潋川仙子,很有可能得到亥猪生辰塔的重要线索。

"当然是住在人间最生机盎然,最灵气充盈的地方。"

灵气充盈的地方?

林啸风陷入了沉思,这一路走来,他去过不少地方,无论是城镇还是山林,都各有生机和特色,然而根据苏慕水简单的八字提示,他却无论如何也想不到能与之匹配的地方。

"人间最生机盎然、最灵气充盈的地方,除了我仙桃山,还有其他地方吗?"

众人的目光不约而同地看向了那个口吐豪言的粉衣小女孩,只见她挺着胸膛,圆圆的脸上满是骄傲,乌黑的眼中似乎散发着万丈光芒。

苏慕水眼中一亮:"不错,潋川仙子的洞邸确在仙桃山,小姑娘,你是谁?"

白灵珠学着苏慕水装模作样地整了整衣领,神情也故作严肃起来,她清了清嗓子道:"我乃仙桃山山神,白灵珠!"

苏慕水打量了一番白灵珠,笑着拱手:"原来是山神大人,失敬失敬!"

"上神客气,嘿嘿!"白灵珠十分享受被人重视的感觉,见这位年轻俊美的男神仙对自己如此恭敬,仿佛又回到了当年在仙桃山作威作福、被村民崇仰的日子,开心得脸庞泛红,更给她增添了几分可爱。

林啸风好笑地凑到她的耳边小声揶揄道:"仙桃山的'山神'不是喜喜吗?什么时候又变成你这个'山神侍女'了?"

白灵珠的脸红得更彻底了,却还是嘴硬地反驳道:"我俩谁是山神有区别吗?"

"没有没有。"林啸风连忙摆手,心里却道,反正都是假的,确实没什么区别。

苏慕水眯起了眼睛,始终带着笑意打量着面前这一对少男少女,良久才起身:"真没想到修复生辰塔的任务会落在两名小友身上,真是后生可畏,今日天色已晚,我也该回去了,你们大可尽快动身,早日找到潋川仙子,记住,万事小心。"

"恭送上神。"二人抱拳作揖,看着前方烟雾越渐浓烈,直到将苏慕水的身形完全掩盖。

白灵珠为自己认识了一位真正的神仙兴奋不已,一会儿一定要跟喜喜好好显摆显摆。

林啸风也是长舒一口气,这永安城总算没白来,竟真的得到了一个至关重要的线索,如果刚刚汜水上神所言不假,那么只要找到跟玉霁上人一起去南海的潋川仙子,生辰塔的下落岂不是就有了?

他看着沾沾自喜的白灵珠无奈一叹,真没想到潋川仙子的仙邸竟然在仙桃山,他刚来到仙桃山时便觉得仙桃山灵气充盈,草木繁茂,否则怎么连山中的一只小猪都能化成一个可爱的女孩子呢?

"真是造化弄人,早知道就不来永安城了。"林啸风对白灵珠道,"那就由你来带路,我们尽快动身去找潋川仙子。"

"好啊,找潋川仙子……"白灵珠双手托着下巴正自我陶醉,蓦然听到林啸风说话随口敷衍了一句,随后笑容逐渐收敛了起来,"什么?找什么潋川仙子?"

"潋川仙子就住在仙桃山,你不是在仙桃山住了这么多年吗,

怎么可能不知道她在哪里？"

白灵珠瞬间慌了，几乎整张脸都变衰了几分，语气也开始磕巴："仙桃山光大大小小的山峰就有三十六座，水潭更是不计其数，我虽然在仙桃山长大，但从没听说过潋川仙子……"

"……"

"……"

两个人面面相觑了好久，白灵珠一脸茫然，林啸风则一脸懊恼，早知道她不知道潋川仙子住在哪里，他刚才就应该问个清楚，现在汜水上神走了，岂是想叫就能叫得回来的吗？

罢了罢了，还是慢慢找吧！

就在这时，谢乔推门而入，原本兴奋的她在看到林啸风和白灵珠难看的脸色时，顿时僵住了脸上的笑容，连语气都不由自主地变得小心："灵珠，道长，知州大人在前厅设了答谢宴邀我们前去。"

白灵珠一听到"答谢宴"三个字，双眼瞬间炯炯有神，完全忘记了身旁还在垂头丧气的林啸风："那快去啊！我都要饿死了！"

"道长，走吧，你大病初愈，要多补补才行！"

三个人到达前厅时，天色已经昏暗了下来，厅内灯火通明，家仆举着托盘来来往往，一派喜气洋洋。

知州大人见到林啸风，连忙携三夫人玉婷迎了上去："道长果然神通广大，法力高强，多谢道长救玉婷性命！"

三夫人恢复了正常神智，一派知书达理、温婉贤淑的模样，盈盈一拜："玉婷多谢道长。"

"知州大人不必如此，为民排忧解难乃是青云观职责所在。"林啸风忙还礼道，他身上有伤，此刻看着还有些虚弱，知州大人只寒暄了几句便邀众人入了座。

一上桌，林啸风就觉得气氛有些奇怪，除了白灵珠在旁若无人

地对着一桌美食大快朵颐,谢乔和谢淮的脸色都不是很好看,就连一向善谈的周捷此刻也一言不发地喝着闷酒,一杯接一杯,旁边的一个大肚酒坛子都要被倒空了,两坨红晕浮上他的脸颊,配上那伤心欲绝的眼神,平白增添了几分愁苦之态。

"周公子这是怎么了?"谢乔推了推白灵珠,白灵珠终将注意力从盘子上转移到了周捷身上,二人面面相觑了一会儿,都是一脸的不明所以。

谢淮夹了几筷子菜,漫不经心地嚼着,直到有些饱了才慢条斯理地开口:"皇上刚下圣谕,要在整个大贤内选拔所有身世显赫、才貌双全的公子,为三公主赵沐晴择婿。"

"择婿?"谢乔和白灵珠异口同声惊呼道,难怪周捷会这般伤心。

林啸风和谢淮显得很平静,倒是白灵珠和谢乔仍沉浸在凄美的爱情故事里不可自拔,一听说皇上要为三公主择婿,顿时急得团团转。

林啸风有些无语,女孩子都是这样"热心"的吗?他开口安慰周捷道:"马上就要应试了,周公子还是安心研习课业,早日考取功名,或许还有机会跟三公主再续缘分。"

谢乔一个劲儿地点头:"对对!道长说得对!周公子这么优秀,只要考取了功名,一定会让皇上满意的!"

一桌人久久没有说话,四双眼睛俱是盯在周捷身上,期待地看着他。

周捷在桌子上趴了一会儿,发出一声长叹,接着抬起头,一股酒气扑面而来:"诸位小友以为功名是那样好考的吗?我周捷寒窗十载,勤学苦读,又何尝不想金榜题名,给沐晴一个交代……"他说着,眼眶竟不由自主地红了起来。

世间最痛心的事莫过于求不得,眼睁睁地看着自己心爱的女子

嫁给别人却无能为力。

林啸风不想惹麻烦，虽然他很同情周捷，但他肩负着比儿女情长更加艰巨的任务。

白灵珠和谢乔却不这么认为，两个小姑娘一左一右地安慰着周捷，神情满是焦虑，惹得其他食客纷纷侧目。

"周大哥，你别伤心了，三公主看到你这个样子也会伤心的。"白灵珠拍了拍他的肩膀，"道长说得对，你这个时候千万不能气馁，要努力考取功名才是，我们大家都会帮你的，是吧，乔乔？"

"嗯！"谢乔郑重地点了点头，桌子另一边的两个少年顿时在心中大叫一声"不妙"！

"嗯什么嗯？爹还在监狱里等着咱们拿辰龙书去为他平反，你倒好，给别人当起红娘来了。"谢淮重重地放下筷子板起了脸，谢乔吐了吐舌头，再也不敢说话。

"灵珠……"林啸风低声道。

"不行，我们怎么能就这么走了？我们要帮周公子考取功名，让他跟三公主重聚！"白灵珠激动地站起身，"林啸风你不许拦我，你不是要以解救苍生为己任吗？现在周公子这么痛苦，你忍心不管吗？"

"就是就是……哥，我们就帮帮周公子吧，只要他跟三公主成了良缘，我们不就少了一个找盘龙玉佩的竞争对手吗？"谢乔很聪明，一番话说得有理有据，竟让谢淮哑口无言，只好愤愤地将头转到了一边。

在四个人辩论期间，周捷始终一言未发，将头埋在臂弯里紧贴着一个酒坛子。众人疑惑地凑了过去，直到听到一阵轻微的鼾声，才知道他已经睡着了……

白灵珠轻轻扯了扯林啸风的衣角，睁着水汪汪的大眼睛露出一

抹甜笑:"啸风子道长,我有个好主意,你要不要听一听?"

晚宴仍在继续,不远处的知州大人正和一干同僚觥筹交错喝得尽兴,三夫人玉婷娴静地站在一旁为众人斟酒,全无昨日的癫狂可怖模样。

厅外月明星灿,花飞柳摇,林啸风走到知州身边不知说了什么,只见知州大人双眼发光,不住点头,白灵珠跟谢乔相视一笑,为厅堂增添了不少明媚。

有时连林啸风自己都搞不明白,白灵珠的脑子究竟是好使呢,还是不好使呢?还是只在歪门邪道上好使呢?

他听了白灵珠的建议去找知州大人,请他在皇上面前引荐自己。

啸风子降妖除魔早已名扬一方,巧的是,三夫人玉婷恰好是皇后娘娘的远房表妹,他不过编了个"皇宫上空星宿变动,有位公主要遇到自己的天赐良人"的瞎话,知州大人一上报,皇上竟然真的答应见他。

白灵珠和谢乔一阵狂喜,永安城距离京城很近,快的话只有一天的路程,加上知州大人特意备的好马,众人几乎不到半天就来到了天子脚下。

皇城比永安城要热闹许多,街上来来往往的百姓皆衣着华丽,琳琅满目的商品让人眼花缭乱,不远处的皇宫更是金碧辉煌、巍峨庄严,它的精美华丽标志着大贤盛世的繁荣昌盛。

林啸风在内侍的引领下进了皇宫,白色的内衬平洁似雪,灰蓝色的外袍衣袂飞扬,纵然内心有些忐忑,面上还是尽力装作一副淡定的模样。

龙椅上的皇上一派慈祥,虽然发须渐白,却神采奕奕,活脱脱像个老顽童,让人很难将他跟那个禁足自己女儿的严厉父亲联系到一起。

皇上似乎十分重视自己女儿的婚事，对眼前这个年轻俊俏的小道士充满了好感，上来便开门见山。

"啸风子，你说宫里红鸾星动，有公主要遇到天赐良人？朕正有为三公主招婿的打算。"皇上一拍龙头扶手语气甚是喜悦，"那天赐良人现在何处？"

晚风习习，夜凉如水。

一轮皎月安静地挂在寂静的夜空，星辰环绕，薄雾缭绕，萤火虫闪着微弱的光芒飞到柳梢上歇脚，不远处的湖泊泛着微澜，一叶扁舟飘摇其上；美得好似一幅画卷。

坐在桥边古亭里的女孩子很美，她穿着一袭浅蓝色衣裙，正托着腮望着天上的月亮，月光洒在她的身上，也洒在她美若皎月的脸上，映在她柔情似水的眼眸里，也映在她忐忑不安的心中。

"公主，你说这天都黑了，皇上干吗非得这个时候命你出宫散步？多危险呀。"身后的小宫女穿着桃红色的斜襟小衫，梳着双丫髻，此刻嘟着嘴一脸不满。

赵沐晴回头看了一眼小女孩，嘴角微微上扬："我家柳儿真是越来越有本事了，还抱怨起皇上来了。"

柳儿自觉失言，吐了吐舌头："奴婢该死。"

赵沐晴看着柳儿一副惶恐的模样，笑意不禁又加深了几分，虽然在笑，她的眼中却始终带着一丝不易察觉的忧伤。

之前被父皇软禁了多日，今日突然被下令出来游园，就连她也有些摸不着头脑，据柳儿说，今日宫内来了一名小道长，不知跟皇上说了什么，惹得皇上心花怒放。

不管他们打什么鬼主意,反正要她跟那些王公贵子相亲,是绝对没得商量的!

赵沐晴敛去笑容,望着天上的月亮眼眶有些泛红,母妃去得早,自记事起,父皇就对她很严厉,从小到大她都得谨听他的命令,不敢有丝毫忤逆,可在如今的终身大事上,她就不能自己做一次主吗?

这时,身后的草丛忽然传来了阵阵脚步声,这么晚了还有谁会来这里?主仆二人瞬间提高了警惕。

杂乱的草丛被层层拨开,一名青衫书生出现在二人面前,他神情憔悴,眉宇如峰,眼中有着万般柔情,将一脸不可置信、掩嘴抽泣的赵沐晴映入眸中,与月华融为一体,化作千种相思。

"周公子,你怎么在这里?"赵沐晴睁大了双眼,想要确定自己看到的不是一个幻影,身后的柳儿也是一脸震惊,伸出小手使劲揉了揉眼睛。

赵沐晴上前两步,忽然发现来的似乎不止周捷一个人,那藏在不远处探头探脑的四个孩子是谁?

白灵珠一干人见偷窥被发现只好走了出来,一一向赵沐晴行礼:"公主好。"

"呃……"

赵沐晴看着眼前这四个样貌迥异的少男少女,将目光停在身穿深蓝色道袍的林啸风身上,问:"你便是啸风子?你们这是?"

"沐晴,此事说来话长,此番多亏他们相助,我才能站在这里与你相见。"周捷言简意赅,赵沐晴见他神色哀伤不禁情动,再次红了眼眶,低着头上前轻轻拉住了他的衣袖,四目相对,满满都是情意,羞得白灵珠等人纷纷别过头去欣赏周边的风景。

"跟我想象中的话本有些不大一样呢,他们这么久没见,竟然

都没拥抱？"白灵珠小声地对谢乔嘟囔道。

"可能是我们人太多，他们不好意思吧……"谢乔神色尴尬地看了看谢淮和林啸风，若不是白灵珠打着当保镖的旗号非要他们跟来，他们怎么会愿意参与这种事？

自从踏上寻找生辰塔这条路结识了白灵珠，林啸风自认说瞎话的能力已经可以出师了。白天皇上要他把公主的意中人带给他看，幸亏他急中生智，声称解铃还须系铃人，总算令皇上将信将疑，把禁足中的公主放了出来，他大概早忘了那个与公主两情相悦的穷书生了吧。

久别重逢固然感动，但赵沐晴并没有因此冷落了四名看似年幼的大功臣，她拭净了眼角的泪痕，笑得天真无邪："多谢四位小友相助，各位的恩情，沐晴铭记在心！"

"公主不用客气！这都是我们应该做的……话说公主你可真美啊，我从没见过像你这么好看的女子！"白灵珠开心得不得了，帮助有情人相见这件事，她可是头号大功臣！她在仙桃山待了这么多年，除了年纪相仿的谢乔，还没见过人间的绝色美人呢，这次直接就见到了一名久居宫闱的美貌公主，怎能让她不心生喜悦呢？这趟人间之旅真是越来越精彩了！

"灵珠，别胡闹。"林啸风低声训斥了一声。

赵沐晴见白灵珠生性活泼很是喜欢，便走上前轻轻拉住了白灵珠的手："妹妹真会说笑，你们是从哪里来的？"

"我们……从周公子的心中来，特意为公主解忧的！"为了缓解气氛，白灵珠故作严肃模样，眼睛一转，摇头晃脑，其余三人见状，纷纷用手扶了扶额头。

赵沐晴与周捷相视一笑，均是红了脸，躲在不远处的柳儿原本还提心吊胆，见一群人有说有笑，也壮着胆子走到了自家公

主身边："公主,天色已经很晚了,怕是皇上一会儿要派人来寻呢。"

一经提醒,赵沐晴想到自家老爹那张黑脸,吓得一怔:"是了,父皇一会儿一定会派人出来找我的……怎么办……"

看得出她十分纠结,一边畏惧父亲的威严,一边不舍得难得相见的情郎,一时间眼泪婆娑,惹人怜悯。

白灵珠看着伤心的赵沐晴出言安慰道:"公主不必伤心,皇上今后肯定会经常放你出来玩的,毕竟有我们啸风子道长在嘛!"

"真的?"赵沐晴止住了哭泣,眼睛里瞬间有了亮光。

"当然!"白灵珠推了推林啸风,林啸风只好上前一步:"我尽力……"

看着众人一副皆大欢喜的模样,林啸风无奈地叹了一口气,他看着一脸喜悦的白灵珠,不知道为什么,只要被她那双乌黑明亮的眼睛盯着,拒绝的话就无论如何也说不出口了。这头小猪仿佛有什么特殊的魔力一样,要知道他们的任务可是寻找生辰塔呢,现在倒好,都管起公主的婚事来了!

算了,只要她开心,就帮这么一个小忙也无妨,只是寻找生辰塔的事无论如何不能再耽搁了,那男蛇妖的出现让林啸风有了不好的预感,因为生辰塔的危机,已经有大批妖魔潜入人间作乱了。

道别后,赵沐晴和柳儿回宫,周捷向众人连连道谢,感激之情溢于言表,只是眉间仍有愁色,他知道相见只是短暂的,这并不能改变皇上的心意。

一行人在皇城内的一间客栈暂时住下,眼看着大贤的春试就快

要到了,周捷跟白灵珠他们的来往也逐渐变少了,大多时候他都将自己关在客栈的房间内刻苦用功,他的桌案上摆着一沓厚厚的史论书籍,他的毛笔上永远晕着墨水,在宣纸上洋洋洒洒地写下一篇又一篇措辞优美的文章。

白灵珠跟谢乔偷偷站在门外透过缝隙往里看,神情有些担忧。

"他这样已经好几天了,昨天公主带了点心来看他,他都没吃呢。"谢乔道。

"按说他都这么用功了,怎么会还考不上状元呢?那些文章写得那么好,应该获得皇上的青睐才对。"白灵珠皱起了眉头,弯腰拾起一张被风吹到地上滑出门缝的纸,上面的字迹缭乱狂放,毫无美感,却措辞优美,字句工整,怎么看都是一篇佳作。

"哼,写得好有什么用,皇上是看不到的。"谢淮冷不丁的一句话将她们吓了一跳,幸亏周捷正全神贯注,才没有发现门外的动静。

谢乔抚着狂跳的心口一脸嗔怒:"哥,你下次来之前能不能有点儿动静?"

白灵珠思索着谢淮说的话似乎别有意味,于是问道:"你刚刚说皇上看不到,为什么?"

三人下楼寻了张桌子坐下,谢淮慢条斯理地倒了杯茶:"一旦成为大贤的状元,功名利禄唾手可得,谁不想吃这块香饽饽?宰相家的公子、尚书家的侄子早就打点好了关系,你们这位周公子又没什么背景,仅凭一身才华能有什么用。"

"太过分了吧!"白灵珠义愤填膺地拍案而起,引得其他食客纷纷侧目,谢乔费了好大的力气才把她按了下来。

好不容易平复了情绪,白灵珠左右看了看,问:"道长呢?"

"进宫去了,其他公主听说他会算姻缘,排着队找他求签

呢。"谢淮嗤笑道。

"呃……可别把自己算进去才好。"白灵珠嘀咕着便起身上了楼，一时间越想越气，果然不出仙桃山，不知道外面的世界原来这般不公，人间也未免太黑暗了吧，只有那些美食是美好的！

刚走到门前，就听屋里传来一阵混乱的声音，道长明明不在，莫非是招贼了？

白灵珠警惕地抄起门旁的一根扫帚一脚将门踹开，紧接着被里面的景象吓了一跳。

只见无数只鸟立在房间的各个地方，它们种类各不相同，羽毛缤纷多彩，体型也有大有小，都是一脸警惕地看着她。至于喜喜，则站在它们中间，见白灵珠突然回来，吓得一个激灵："珠珠……"

白灵珠黑着脸打量着一片狼藉的屋子，要是被林啸风看见，她怕是无论如何也解释不清了。

"你们在干吗？"

"我交了好多朋友，正要介绍给你认识！"喜喜跳到白灵珠肩头，亲昵地用小脑袋蹭了蹭她的脸颊，"人间真是太好玩啦！"

"好玩吗？"白灵珠皮笑肉不笑，接着便是一声大吼，"限你在半个时辰内把屋子收拾干净！不然一会儿林啸风回来要你好看！"

傍晚时分，林啸风总算拖着疲惫的身躯回到了客栈，众人正在吃晚饭，周捷仍然没有出现，倒是谢淮要了一壶小酒自斟自饮，丝毫不见忧愁。

白灵珠将周捷的事对林啸风讲了一遍，林啸风摇了摇头："谢淮说得没错，周公子势单力薄，根本无法赢过那些使手段的王公贵子。"

"要不，我们也帮周公子作弊？"谢乔小声地说了一句，瞬间，所有人的目光都聚集到了她的身上。

"考不上也无妨，靠欺骗得来的状元，我又有何颜面面对沐晴？诸位小友不必费心。"周捷不知何时站到他们身边，他没拿他的招牌扇子，脸上神色复杂。他对白灵珠等人的帮助心存感激，并且知道他们都有着各自的使命，并不想再给他们添麻烦。

众人低下了头，饭桌上一片寂静，难道这件事真的以无能为力告终吗？

既然不能帮周公子作弊，"或许我们可以……阻止那些人作弊？"沉默之中，白灵珠忽然灵机一动道。

走向黑暗的人有两种，一种会与黑暗融为一体，另一种会化为明灯，既然周捷拒绝变成前者，那么就想办法让他更加明亮吧！

春风袭人，晨光熹微，在众人紧锣密鼓的筹备中，一年一度的春试如期而至，它相当于人间的应试，因为在春天举办，所以被大家叫作春试。

这几日，大概是赵沐晴经常来客栈的缘故，周捷的精神好了很多，每天的饮食也恢复了正常，整个人又恢复到了翩翩佳公子的状态。

而白灵珠等人也提前做好了对策，据谢乔调查，大贤的春试主要考两个内容，分别是对本国的史籍了解和皇上亲自命题的行文。

史籍了解不过关者，无论行文写得有多好都没有资格被呈上去，然而大贤历史太过悠久，区区十道题如同沧海一粟，根本没有人知道考官会出哪些冷门的历史知识。

出题考官自然与朝中显贵相互串通，在春试前他们会悄悄地透题。即使周捷十道题能答对六道，前面有几位满分的公子，他自然与过关无缘，这也是他次次被刷的原因。

早在春试的前一晚，在京城最大的酒楼玉琼楼中，白灵珠就亲眼见到宰相和尚书宴请了今年春试的主考官。主考官笑得几乎合不拢嘴，对着几位大人不停作揖，连连点头，接着从袖笼中取出几张密封好的信函分别递给了他们。

毋庸置疑，那就是今年春试上半场考题的答案。

众人回到客栈，赵沐晴皱着眉头伤心不已："这可怎么办？宰相府戒备森严，我们肯定拿不到信函，就算拿到，他们肯定早就把答案记下来了。"

"他们才懒得记呢。"白灵珠沉思了一会儿，抬起头，"只是这件事，需要一位朋友的帮忙。"

夜晚，在大家都睡熟之际，白灵珠悄悄起身，从布袋里取出一把香气四溢的谷子放到了窗台上……

萌萌小剧场

月上柳梢头，人约黄昏后。

赵沐晴与周捷并肩走在河岸上，俱是心不在焉地欣赏着周遭美景。

赵沐晴有些着急，明明已经出来约会了很多次，为什么身边这个书呆子就是不明白她的心意呢？今日无论如何也要有进一步的发展才好。

路过一杂草丛生的高台古亭，一条红白相间的小蛇吐着芯子昂然抬头盯着二人。

"啊！周公子，有蛇！"赵沐晴惊呼一声，转身扑进周捷的怀抱。

还未来得及感受怀中佳人的温度，周捷已然被那条快速逼近的小蛇吓得脸色煞白，天知道他这辈子最怕蛇了。

赵沐晴的肩膀抖了抖，周捷咬了咬牙，快步上前将那小蛇捡起一把扔进了河中，随后才瘫坐在石级上，冷汗直冒。

赵沐晴内心窃喜，故作担忧地走到周捷身边："周公子好像很怕蛇？"

"嗯……"周捷木然点头，抬头看了眼赵沐晴，想到刚刚的拥抱红了脸，"但我更怕你受伤。"

窥视着古亭中含情相望的二人，谢乔一脸担忧地回头："哥，那条小红花公主可养了三年呢，我们要不要把它找回来？"

"不必了，那条蛇已经完成了它的任务。"谢淮收起笛子，看了一眼亭子，"公主现在已经有新宠了。"

第二天春试，皇城中一派严谨，无数书生从大贤各地赶来参加笔试，盼望着有朝一日能够金榜题名，衣锦还乡。他们每个人的脸上都洋溢着兴奋和憧憬，对其中的内幕毫不知情。

考场外有重兵严加看守，仔细审查每一位入场的考生，唯独几位衣着华贵的公子大摇大摆直接走了进去，看得其他考生目瞪口呆。

白灵珠他们是进不去的，他们只能跟其他陪同的眷属一起坐在不远处的茶馆里等候消息。

相比于白灵珠的淡定，其他人则显得很紧张。不一会儿，一名戴着面纱的便装女子径直走了过来，在他们身旁坐下，摘下面纱，露出一张精致憔悴的脸。

"公主，你怎么也来了？"谢乔小声惊呼，说完警惕地望了望四周。

赵沐晴眼下黑黑的，一看便知前一晚没有睡好："我实在放心不下，你们想到办法了吗？"

众人齐齐地看向白灵珠，白灵珠一副泰然自若的模样，她抬头看了看天，似乎在喃喃自语："应该没什么问题吧……"

考场内，考生们皆为那十道冷门的国史简答困扰不已，他们寒窗苦读那么久，此刻看到题才懊悔不已，自己怎么就没把书上的内容背得滚瓜烂熟呢？

十几名护卫在考场里巡逻，周捷看了一遍题，冷静地研墨，稍加思索，便答出了七道。

至于宰相家的李公子和尚书家的张公子，都从容不迫地从衣袖

第四章 给我大魔王一个面子

里掏出写有答案的信函来,来来往往的护卫皆视而不见。

就在这时,无数道黑影自考场上方飞过,它们有的站在横梁上,有的站在考生的桌案上,有的蹦到了主考官的帽子上,一双双精明的眼睛四处打量。

"哪里来的这么多怪鸟?去去去!"主考官不耐烦地挥赶着怪鸟,引得考场内一阵躁动。

众考生看着考官窘态百出赶鸟的样子,纷纷忍俊不禁,就连周捷都不禁弯起了嘴角。

张公子不屑地冷哼一声,他打心眼儿里看不起在场的其他考生,他们一没本事二没钱,谁能跟他抢今年的状元位置?想到沐晴公主巧笑嫣然的模样,他便一阵激动,当即展开那张写有答案的信纸,准备尽快答完交卷。

"咕咕!"

一阵鸟啼自他头顶传来,叫了两声后,突然出现无数只鸟在他的头顶上方盘旋起来。鸟群中飞来一只喜鹊,精准无误地衔走了他手中的信纸飞向高空。

"喂!还给我!还给我!"张公子气得踩到凳子上,张开双臂试图捕捉那只喜鹊,不承想喜鹊灵活地躲开他,飞到房顶上轻蔑地看了他一眼,抖擞了几下羽毛,便高傲地飞走了。

"张公子,你的考试用品都摆在桌上,并未缺少,你让它还什么给你?"周捷落笔,冷眼看着他。

看着周围用异样的眼光看着自己的考生和拼命朝自己使眼色的考官,张公子只好如斗败的公鸡般坐下,看着试卷上的题愁眉苦脸,看来这次要交白卷了,回去爹不得打死他?

考场暂时恢复了平静,过了一会儿又有一名书生站起来大叫:"贼鸟!别跑!"

原来是尚书家的侄子,他遇到了和张公子同样的问题,被鸟衔走了信纸,短短一刻钟不到,已经有三位公子被喜鹊衔走了信纸,众人皆是不明所以,一头雾水。

天象怪异,就连主考官都惊在原地不敢说话。

周捷看着房檐上的那只喜鹊感到十分眼熟,忽而眼前一亮,那不是常跟在灵珠姑娘身边的喜鹊吗?

原来如此。

周捷朝着那只喜鹊感激地作揖道谢,喜鹊骄傲地眨了眨眼予以回应。

第一场考试就这样结束了,"喜鹊考官"的事在皇城中不胫而走,令人赞叹,这可是老天爷派来的考官,没了徇私舞弊,不知今年的状元郎会是哪位公子。

几日后,皇城最繁华的承墨街上公布了考试结果,初榜前人头攒动,人人都想知道大贤本届学霸到底是谁。

"这届考生不行啊,怎么第一名才答对了七道题?"

"第二名答对了三道……"

"往年前三名都是十道全对呢!"

众人议论纷纷,白灵珠等人挤在人群中,难掩喜悦之色,就连赵沐晴也丝毫没有公主的架子,同他们一起挤在人群中,在看到初榜第一名的名字后,眼里泛起了水光:"太好了!他的文章终于可以被父皇看见了!"

过了艰难无比的初考,以后的路自然是无比顺利,周捷凭着寒窗苦读十余年的深厚基础,在皇上亲自出题目的文章上下足了功夫。虽然白灵珠等人没有看到那篇文章,但从赵沐晴买通总管得来的消息中,得知皇上对这篇文章赞不绝口,印象极佳。

周捷以状元身份被传唤入宫面圣的那天,白灵珠和林啸风也收

拾好了行李，在人间的日子充满了快乐和新奇，他们交到了朋友，也成长了许多。

白灵珠虽然自恃活了上千年，但来人间走了一遭才发现，原来自己还是个狗屁不通的小女孩，嗯，应该比林啸风要强一点儿。

"这就要走了吗？柳儿传信来说，晚上公主要过来亲自答谢你呢。"谢乔依依不舍地拉着白灵珠的手，哭得一把鼻涕一把泪。

白灵珠见谢乔哭得这么厉害，不禁也红了眼眶："我们还有重要的事去做，再耽搁时间，道长又要唠叨我了！阿乔……今日一别，不知何时才能再见，保重！"

谢乔吸着鼻子，哭得更加汹涌："那你有时间一定要来看我！"

"一言为定！"说罢，两个女孩抱头痛哭。

林啸风跟谢淮站在不远处俱是一头黑线，流泪天生就是女孩子的权利，不过这俩人是不是太夸张了些？

"现在周捷是状元了，你爹的事或许可以找他帮忙，相信他不会坐视不管。"林啸风临走之际还在担心谢家兄妹的父亲坐冤狱的事，从抓蛇妖到考状元，他们都没有时间找那盘龙玉佩，对此，他感到十分愧疚。

"不劳费心了。"谢淮将他们送到门口，"我跟妹妹就不再送了，祝二位一路顺风。"

"也祝你们早日找到盘龙玉佩！"白灵珠吸了吸鼻子，依依不舍地朝他们挥了挥手，一段美好的经历就此作别。

辞别了永安城，告别了一段奇遇，道别了几位朋友，路途中终

于又剩下白灵珠和林啸风两个人了。

要说抓作弊的建议虽然是白灵珠提出的,最大的功臣却是喜喜,然而在得知二人要回仙桃山时,喜喜却表示自己无论如何都不想回去了,它似乎对它新交的鸟类朋友十分眷恋。

"当初是谁死活不愿意跟我下山的!"离开当晚,白灵珠假装生气地拍了拍它的脑袋,对于它选择离开自己去交朋友,她是又沮丧又开心,"记住,以后混得不好的话不要说认识我!"

独自走在回家的路上,白灵珠的心情十分愉悦,在人间的日子虽然新奇,但要说不想念在仙桃山冒充山神接受村民排队上供的日子,那绝对是假的!日子过去这么久了,也不知道那些可爱的村民怎么样了,他们又给自己准备了什么好吃的呢?

白灵珠流着口水幻想着,林啸风一言不发地走在前面。他不说话的时候丝毫没有木讷的感觉,反而有些冷酷。

仙桃山仍然像个大桃子一样矗立在远方,大大小小的山峰一直蜿蜒到了远处。山中仙雾弥漫,小路两旁绿柳摇曳,丛中桃花盛开,细风吹过,落英满地。

远远地,白灵珠看到山脚下若隐若现的仙桃村的轮廓,一种久违的感觉浮上心头,她忍不住跳上一块凸起的石头,将双手掬成喇叭状大喊:"我回来啦!"

回音在山间此起彼伏,显然是得不到任何回应的。白灵珠抒发完感情,从石头上一跃而下,却发现林啸风的身影早已消失在拐角处。

"真是的,等我一下会死吗?"白灵珠不满地嘀咕着跟上,很快就透过花影看到了一道站立不动的身影,不由得有些欢喜,"嘻嘻,我还以为你不会等我呢!"

话音刚落,她就看到了站在林啸风身前的一抹紫色身影,那男

子穿着一身宽松修长的紫色外袍,上面绣着火红的凤凰,一头银发跟那张年轻俊美的脸有些不搭。他有着一双狭长的眼睛,弯起的嘴角红得有些发暗,整个人看上去有些奇怪。

等等,这个造型,可能是人吗?

"我知道了!"白灵珠一副了然于心的模样上前一步:"你也是神仙吧?是玉帝派来提示我们找生辰塔的……呃!"

话还没有说完,林啸风已经眼疾手快地捂住她的嘴,将她拖到了身后,这个紫衣人想必是被白灵珠刚才那热情的一嗓子吸引过来的,林啸风第一眼看见他,便察觉到了一股不善的气息。

紫衣人听到白灵珠的话一怔,随后忍不住笑出了声:"我不是神仙,我是,大——魔——王!"

说完,他便负手站在原地等着看两个小朋友惊慌失措的表情,他们会不会被吓哭呢?嘿嘿,想想就刺激!

"……"

林啸风和白灵珠静静地看着他,眼里不但毫无畏惧之意,反而写满了嫌弃。

紫衣人见他们两个人如此淡定,默默转过头,任凭一小片乌云在头顶上方慢慢汇聚。

他们为什么不害怕……为什么?

难道他们没有听说过刑天家族"最年轻有为英俊帅气风流倜傥文武双全玉树临风无人不知无人不晓"的大魔头刑天厄吗?

"刑天厄……这个名字好像在哪里听过。"白灵珠听他自我介绍完陷入了沉思。

"是吧是吧!你再好好想一想!"刑天厄一脸殷勤地凑到白灵珠的身边不停地给她提示,"威武、勇猛,人人闻之丧胆,魔界第一帅……"

"哦哦,你就是那个不被魔王重视,自己擅自跑来人间的刑天厄吗?"白灵珠总算想起了永安城那三只可爱的小精怪,又看看眼前这个银发年轻人,一脸恍然大悟。

"胡说八道!"刑天厄黑了脸骂了一句,"不就是平常使唤他们的次数多了点儿吗?竟然这么说我。"

无视刑天厄的自言自语,林啸风早已是一副高度警惕的状态,魔界刑天家族的刑天厄,他怎么敢这么明目张胆地出现在仙桃山?

"你来这里干什么?"林啸风上前厉声道。

仿佛看出了林啸风的警觉,刑天厄的眼中精光一闪,不紧不慢地踱步上前:"我?我来旅游不行吗?你这么防着我是要干吗?"

林啸风有些沉不住气,但又没有确凿的证据证明他是奉命来破坏生辰塔的,贸然出击只会暴露自己。他看着眼前这个眼泛红光的刑天厄,竟有些束手无策。

"旅游?欢迎欢迎啊,我可是这里的山神哦,我跟你讲……"一向热心的白灵珠听到这里,立马伸出一根手指,滔滔不绝地讲起了仙桃山的人文风景。刑天厄蹲在一旁听得津津有味,两个人全然无视了仍处在警惕状态中的林啸风。

不一会儿,两个人便有说有笑地朝仙桃村走去,可能是刑天厄对白灵珠表现得很是崇拜的缘故,白灵珠十分沾沾自喜,对这个魔界"游客"增添了不少好感。

林啸风跟在他们身后,头都大了。他们是回来找潋川上神打探生辰塔的线索的,现在多出个魔界的刑天厄是什么情况?谁能告诉他现在该怎么办?

第四章 给我大魔王一个面子

"我跟你讲,在三界,不怕我的人除了你们俩,根本找不到第三个!"刑天厄一脸激动地说,"所有人看到我都吓得浑身发抖,没办法,谁让我太厉害!"

"小刑!"

三个人刚走进仙桃村,便听到一声暴喝,原来是村口的张大爷正拿着一把锄头朝这边吹胡子瞪眼:"说好的给我翻地呢,怎么翻了还没一半就跑了?咦,这不是灵珠姑娘吗?各位,灵珠姑娘回来了!"

众位村民听到张大爷的呼喊,纷纷从家里跑了过来,围在白灵珠的身边嘘寒问暖,将林啸风和刑天厄两个人挤到了一边。

"灵珠,你怎么瘦了这么多啊?大娘给你做点儿好吃的。"张大娘拍着白灵珠的手心疼不已。

"谢谢大娘!"白灵珠甜甜笑道,然后指着刑天厄好奇地问,"张大娘,他很久以前就来了吗?"

"几天前刚来,一来就在山里瞎转悠,还抢着帮乡亲们干活,可勤快了。"张大娘回忆道,"可他总说他是什么大魔王,让我们怕他,姑娘,大魔王是个啥?"

嗯……威武,勇猛,人人闻之丧胆……这三个词似乎跟刑天厄都不太沾边,但白灵珠又不想在村民面前表现得什么都不懂,于是灵机一动:"因为他最喜欢吃馍,所以叫'大馍王'!"

"噢噢,那晚上多给他几个馍!"

林啸风始终站在不远处静静地听白灵珠他们无关紧要的对话,他从中得到了几个信息,刑天厄不久前才来到仙桃山,在山上转悠是因为他在找什么东西,帮村民干活是为了博取好感,而博取好感无疑是因为有求于他们。

林啸风看了看不远处正在帮张大爷翻地的刑天厄,更加确定了

他来仙桃山肯定没安好心。

跟乡亲们寒暄完毕,白灵珠回到仙桃山的洞邸中想要先美美地睡上一觉,没了喜喜,整个山洞安静了不少。

林啸风则独自跑到了仙桃山的山顶,站在桃子的最高处往下看,只见大大小小、高耸陡峭的山峰淹没在层层薄雾中似真似幻,他不禁想到了白灵珠的话,仙桃山大大小小的山峰有三十六座,水潭更是不计其数,究竟哪里才是潋川仙子的仙邸所在呢?

"啸风子好雅兴,也来这里看风景啊?"

一道悠然惬意的声音忽然从身后传来,将林啸风吓了一跳。

他转过身,发现来者不是别人,正是刑天厄,虽然干了不少农活,但无论是那身紫色的薄袍,还是脚上的黑色短靴,均是一尘不染,配上那随风飘扬的银发,竟有一种世外高人的感觉。

刑天厄喜欢笑,还是那种故作神秘的笑,也许他觉得这样能让他看起来更加厉害一点儿。

林啸风目前还不知道他真正的实力,不敢贸然说他很厉害或者不厉害,更不敢随便出手试探。他想起知州府中那条附体三夫人的雄蛇妖,直觉刑天厄的实力极有可能比他强很多。

刑天厄见林啸风迟迟不答话,不禁有些窃喜,终于有个怕他的人了!

想到这里,他故作轻松地走到林啸风的身边,望着脚下的群山发出感叹:"果真是好风景。"

"你早就看过无数遍了,还感叹什么?"林啸风说完便转身下山,一定是哪里走漏了风声,被刑天厄得知了生辰塔的事,他并不想跟这个危险人物有任何交集。

刑天厄独自站在峰顶吹冷风,看着林啸风的背影逐渐收起了笑脸。

这个小道士可真不友好，尤其是那一脸冷漠防备的神情，让他想起了那个打小不待见他的父亲。

白灵珠足足睡到了第二天正午才从草堆铺成的床榻中起身，她伸着懒腰走到洞口，打了一个大大的哈欠。

阳光落在身上暖暖的，微风吹来阵阵花香，伴随着食物的香气，不经意地钻进她的鼻子里。山下仙桃村中炊烟正袅袅升起，白灵珠正要下山大快朵颐，忽然想起似乎很久没有见到林啸风了。

"又跑哪里去了……"

白灵珠循着仙桃山的一条小径走去，一路左右张望，终于在一块凸起的雨花石旁发现了林啸风。他正靠在雨花石旁闭着眼睛睡得安稳，长长的睫毛微微抖动，衣衫有些褴褛，无不彰显着昨日的奔忙。

白灵珠看着林啸风狼狈的样子有些愧疚，她似乎一回到仙桃山，闻见饭菜的香味就忘了自己回来的目的。昨天在她呼呼大睡的时候，林啸风应该独自跑了仙桃山的不少地方吧？那还是让他多睡一会儿比较好。

左看看，右看看，白灵珠摘了一片宽大的叶子小心翼翼地放在他的头顶上为他遮太阳，随后轻轻地离开。

仙桃村从远处看简直像个世外桃源，可能是桃树很多的缘故，每年春天，桃花盛放，整个村子都是一片粉红。白灵珠之所以喜欢粉色的衣裳，不仅因为粉色是她的肤色，更是故乡的颜色。

此时此刻，村子里非常安静，虽然升着袅袅炊烟，但白灵珠跑了一圈都没有看到人，不由得疑惑起来。

这时,一个拿着糖人、流着鼻涕的小男孩从远处走了过来,白灵珠快步走过去问:"小顺子,大家都去哪里了?"

小顺子一口咬住糖人的脑袋,指着前方奶声奶气地说:"小妖怪……被抓住了……"

"哈?"白灵珠摸了摸小顺子的头,好奇地朝前方的池塘走去,绕过一棵茂盛的大榕树,果然看到许多村民正围在池塘旁边指指点点。她挤进人群中,见岸边正躺着一个奄奄一息的小男孩。

原本一个溺水的小男孩躺在地上并没有什么新奇之处,但这个小男孩可不一样,他全身近乎赤裸,皮肤上竟然长满了红色的鱼鳞,此刻一脸虚弱,张大嘴大口大口地呼吸着空气。

白灵珠一眼便认出了他,这不是在永安城被她和林啸风抓住又放掉的小红吗?

鲤鱼精显然也认出了白灵珠,他微微一怔,随即双眼一翻,口吐白沫,假装晕了过去,而刑天厄正盘腿坐在一旁,一副气定神闲的模样。

"这个馍王可真厉害呀,轻轻松松就把小妖怪抓住了,怪不得我养的鱼苗老是莫名其妙地消失,原来是这只小鲤鱼精在捣鬼!"

张大爷拄着拐棍站在一边称赞不已,刑天厄似乎很满意这种夸奖,故作潇洒地甩了一下长发:"乡亲们别怕,有我刑天厄在,定保仙桃村上下周全。"

"小红!刑天厄不是你家主人吗?"白灵珠上前,蹲在装死的鲤鱼精身边拖长了音,接着左右张望,"小绿和小黑到哪里去了?"

刑天厄见被白灵珠识破,脸上红一阵白一阵,趁村民们还没反应过来,跳下石头直接将鲤鱼精拎了起来数落道:"我早告诉过你不要找这些善良的村民麻烦,你为什么不听?"

"呜呜呜……老大我再也不敢了。"

第四章 给我大魔王一个面子

小红用双手揉着眼睛,一副可怜巴巴的模样,刑天厄还未发话,周围的村民反倒有些于心不忍了,谁让这小鲤鱼精长得这么可爱呢?

"那个,馍王,放了这孩子吧,他这么瘦,一看就没有吃饱过饭……"一些年长的婆婆甚至开始抹起了眼泪,纷纷谴责起了刑天厄。

虽然讨好村民的企图被白灵珠无情地打破了,但刑天厄在听到自己被人叫魔王时还是浑身激动地一颤。

他没听错吧?竟然有人叫他魔王了!

"那好吧,这次先饶了你,下不为例!"刑天厄装模作样地训了小红一顿,得到宽恕的小红怯怯地看了白灵珠一眼,一个翻身便蹿到了池塘里消失不见。

仙桃村的村民一向与外界隔绝,过着与世无争的生活,他们善良淳朴,只知道眼前这位魔王英俊又热心,刚才那只鲤鱼精可爱又可怜,根本想不出魔界的入侵会给他们平静的生活带来怎样的影响。若不是见过蛇妖的残暴和人心的险恶,白灵珠觉得自己大概也会沉浸在这样美好的假象之中。

白灵珠根本没有想到什么寻找生辰塔的任务,她只是有些小小的私心,她可是仙桃山的山神婢女,村民们上供祈福的对象,怎么能被一个外来人抢了风头和地位?这个刑天厄一来就想动摇她的位置,也太可恶了吧!

哼,绝不能让他得逞!

新来的刑天厄似乎并没有给仙桃村带来什么影响,日子仍旧一

天一天地过去，白灵珠依然心安理得地接受着村民们热心的投喂，林啸风则一如既往地在各大山峰和水潭中探察，不放过任何蛛丝马迹。

终于有一天，白灵珠在洞中睡到自然醒后实在感到无聊，便主动去找了林啸风。

林啸风不善言辞，自然没有刑天厄招村民们待见，当刑天厄一脸满足地吃着手中香喷喷、软绵绵的白馍时，林啸风的手中就只有一个黄窝头和一碗凉茶，那副凄凉的模样看得白灵珠痛心不已："你干吗不去找我？我洞里可是什么好吃好喝的都有呢！"

"窝头也很好吃啊。"林啸风吃完最后一口，起身拍了拍身上的土，准备再度出发。

白灵珠心存愧疚，于是快步跟了上去："我跟你一起去！"

林啸风回头冲白灵珠笑了一下，两个人并肩还没走出几步，忽然听见身后传来一阵匆忙的脚步声，回过头，便见刑天厄朝他们跑来，一边跑，一遍气喘吁吁地说："想偷偷跑出去玩是吧？我也去！带带我！"

"……"

"怎么？不愿意？不就是上山玩吗？难道你们还有别的事？"刑天厄眯起眼睛看着二人。

"随便。"林啸风冷冷地看了他一眼，白灵珠吐了吐舌头，二人游就这么变成了三人行。刑天厄丝毫没有觉得不自在，反而十分惬意地点评着仙桃山的风景，简直一点儿也没把自己当成外人。

万物生长离不开水，尤其在仙桃山这么一个灵气充盈的地方。走了几天后，林啸风才在心中暗暗叫苦，仙桃山的水潭真是太多了，他这几天除了必要的休整，几乎没有停下脚步，即便如此，才勉强走完了六座山峰，还剩三十座，隐藏在远方的浓雾中，这要到何年

何月才能走完？

因为有刑天厄的存在，即使经过了一方水潭，林啸风也不敢多作停留。三个人就这样不停地走，很快就疲惫不堪，林啸风和刑天厄都是满头大汗，但像是在暗中较劲儿一般，谁也不肯开口提暂歇片刻。

"你们要走到什么时候啊？我的脚都快失去知觉了！"白灵珠哭丧着脸，索性一屁股坐到了路边的草地上，"我实在走不动了……不走了。"

见白灵珠休息，另外两个人自然也没有再继续走下去的理由，于是各自找了一块石头坐下歇息，林啸风解下腰间的水袋递给白灵珠，白灵珠开心地接过，"咕咚咕咚"喝了起来。

"喀喀……"刑天厄似乎察觉到了有些不自在，为了化解尴尬，他思索了一会儿，忽然变戏法一般从袖中抽出一支精致的紫玉箫放在唇畔吹了起来。

这首曲子婉转忧伤，如幽冥中绽放的彼岸花一般孤寂，回荡在空荡荡的山谷间，带着别样的愁绪，任谁听了都要伤神片刻。

白灵珠很快陷入了曲子的境界中，看着群山，眼前笼上了一层薄雾。

林啸风原本也想到了自己素未谋面的父母和抚养自己长大的师父，但他无意间一瞥，所有的忧愁都被疑虑盖了过去，他的视线落在刑天厄手中的紫玉箫上，这样的纹路，这样的色泽，似乎在哪里见过。

"刑天厄，你这曲子吹得真好听。"林啸风称赞道。

曲声戛然而止，刑天厄有些惊讶，又有些欣喜，这个一向看他不顺眼的小道长居然会夸奖他，他礼貌地拱了拱手："多谢夸奖！"

"能吹出如此天籁之曲,足见你对乐律有多精通,功底有多深厚。"林啸风反常地继续夸奖道。

"哪里哪里。"刑天厄被夸得心花怒放,却还是故作谦虚地摆了摆手。

"不知你这紫玉箫是从何处得来的?"林啸风话锋一转,盯着紫玉箫,尽量用不经意的语气问。

刑天厄正沉浸在夸奖之中,随口便说:"是我一个朋友送的。"

"原来这样。"

林啸风不再言语,思绪却是起伏不定。如果他没有记错的话,这支紫玉箫,氾水上神也有一支一模一样的,只不过被他拍碎了,这紫玉箫一看便知是珍品,怎么会这么巧合,一连两次让他碰到两支一模一样的?

刑天厄对林啸风的疑虑丝毫没有察觉,反而又吹了一首极其欢快的曲子,将整个仙桃山笼在一片欢快的氛围中。

有了新的疑慮,林啸风便无心再继续寻找水潭,等刑天厄第二首曲子吹完,三个人便返程回到村中。林啸风不愿住在山洞里,幸好在永安城时凭着神算的招牌挣了些盘缠,在仙桃山的这段日子,他选择寄宿在村民家中,村民们知道他是白灵珠的朋友便也比较关照他,只是这个小道士的性子有些疏冷倔强,跟刑天厄简直是两个极端。

"张大爷,这仙桃山附近有没有什么奇特的水潭湖泊啊?"

林啸风半夜起夜恰好听到这样一句话,不远处,刑天厄正跟张大爷坐在院中聊得正酣,丝毫没有注意到他的存在。

"奇特的水潭多了去了,比如十六峰上的无名潭,二十一峰上的甘泉,三十四峰上还有一片水洼,密密麻麻地跟马蜂窝一

样……"张大爷滔滔不绝地说着,刑天厄神情凝重,听得十分认真。

他为什么也要打听水潭?莫非也要寻潋川仙子?他的消息又是从何得来?

联想到紫玉箫,林啸风想起汜水上神似笑非笑的表情,忽然感到一阵莫名的惧意,当即睡意全无。他望着浩瀚的夜空,忽然想到了玉帝,要是这个时候他能再出现一次就好了,他有好多问题想要问他。

"你是说汜水上神有可能是魔界的卧底?"白灵珠拿着一颗青苹果咬了一口,果子有些酸,让她微微蹙了蹙眉头。

"还不确定,但这些事儿太过巧合,防备之心不可无。"

"那咱们要不要把他赶走?"白灵珠挥了挥拳头恶狠狠道,"我早就看他不顺眼了!"

林啸风哭笑不得:"如果他的实力比那蛇妖还要强呢?过早暴露身份只会让我们的处境更加不利。"

"那怎么办?总不能让他一直赖在这里吧?"白灵珠托腮,一脸愁苦。

"我们只能比他更早找到潋川仙子了。"林啸风目光坚定,他可是玉帝亲自选中的守护使,无论成不成功,他都要去试一试。

打着游玩名义的找湖行动仍在继续,林啸风和白灵珠几乎每次出行,刑天厄都会忽然蹦出来嚷着要加入。三人行乏味且无趣,仙桃山三十六峰的美景是这寂寞路途中唯一的陪伴。波澜壮阔,风光旖旎,美丽的景色几乎让三个人都要忘了自己的使命。

"刑天厄,是你们的魔王派你来人间的吗?"白灵珠挥舞着一段柳枝走到刑天厄的身旁问道。

　　刑天厄似乎永远都是一副心情不错的模样，此时听到这个问题，笑容却敛了敛："不错。"

　　"骗人，小绿明明说你是为了出风头自己跑来人间的，你这么能干，魔王应该对你委以重任才对！"白灵珠在刑天厄的身边喋喋不休，因为身高差距太大，她只能到达刑天厄的肩膀，根本看不到他逐渐严肃的神情，直到他突然停下脚步，望着天空轻声呢喃："委以重任？他们连我的名字都记不住呢……"

　　这也太没有存在感了吧？

　　白灵珠第一次见刑天厄这副落寞的样子，一时间竟说不出话来，倒是刑天厄很快恢复了状态，无奈一笑："没事，我已经习惯了。"说罢，继续哼着调调大步向前走去，徒留二人面面相觑。

　　夏日将至，天气燥热，入夜，林啸风躺在床上辗转难眠。

　　刑天厄并没有得到魔王的命令，结合种种巧合，唯一的可能便是他也是从氾水上神那里得到亥猪生辰塔的消息。一个出身魔界显赫家族，一个是仙界上神，他们怎么会成为好朋友？

　　为了缓和自己因为胡思乱想而发痛的脑袋，林啸风索性穿衣起身步入山林之中，随手捡起一截树枝当成木剑温习着师父教过的剑法。

　　就在这时，右边的草丛忽然传来一阵异动，这让林啸风顿时警觉了起来，他毫不犹豫地将手中的树枝掷了过去，只听"铮"的一声，便再无响动。

　　他疑惑地拨开草丛，就看到一个穿着绿衣服的小女孩正缩在树下瑟瑟发抖，那根树枝恰好卡在她头顶三寸的位置。

　　林啸风看着她，她也看着林啸风，随后咧开嘴笑了起来："道长，好久不见……"

　　"小绿？"林啸风记得她，却不知道她的名字，只好同白灵珠

一样喊她的绰号，"你为什么在这里，是刑天厄让你来的吗？"

"不不，我只是……路过！"小绿眼神躲闪，强装镇定，身子却在不由自主地发抖，似乎对林啸风的法术十分畏惧。

林啸风看着眼前这个矮小的小姑娘，不由得想起第一次见她的情景，见她受到惊吓，便伸手将她头顶的树枝取下来丢到一旁，冲她微微一笑，随后转身离去。

在小绿的眼中，这一笑就像清泉之中泛起的涟漪，轻柔又和煦，直到林啸风走远，她仍然沉浸在那抹笑颜中无法自拔。

"喂……你被吓傻啦？"一个黑衣小男孩从上方茂密的枝叶中一跃而下，看着已经走远的林啸风，伸出手在小绿眼前挥了两下。

"你懂什么呀。"小绿双手托腮，一脸陶醉，"有那么一瞬间，我觉得被他抓到也挺好的。"

萌萌小剧场

邢天厉刚来到仙桃村时便注意那个傻姑很久了。

一身破破烂烂的衣衫，头发脏得打绺，脸上满是泥巴。起初他还以为是村里的乞丐专业户，不承想人家是村长家的女儿张小翠，横等竖等那俩负责生辰塔的坏孩子也不回来，在干完农活后，观察傻姑便成了邢天厉唯一的乐趣，原来人间的傻子是这样的。

有时候傻姑会坐在树下晃着腿唱歌，有时候会光着脚在草地上蹦蹦跳跳，有时候会忽然脱了衣服跳到河里游泳。

"小翠小翠大傻帽，小翠小翠没人要！"

一群七八岁的孩子聚集在不远处朝傻姑扔石子，傻姑安静地蹲在溪边洗着一件破烂的衣裳。邢天厉站得远远的，这才发现她的衣裳不是脏，而是本来就是发褐的泥土色。

几颗石子飞到她的脸上，她转了个方向背过身，继续揉搓手中的衣物。邢天厉一个大鹏展翅从草丛中一跃而出跳到那群孩子面前："我，邢天厉，告诉我你们怕不怕？"

这招很有效，当即便有几名孩童被吓得哇哇大哭，更有甚者尿了裤子："妖怪啊！爹，娘，救命！"

看着他们跌跌撞撞地跑远，邢天厉露出满意的笑容，他得意地回头，傻姑仍然淡定地洗着衣裳，头都没回一下。

邢天厉走到她的身边再次摆出刚才那个霸气十足的造型："我，邢天厉，告诉我你怕不怕？"

傻姑抬起头，眼睛一亮，害羞道："不怕，我挺喜欢你的。"

邢天厉一愣，叹了口气转身走开："唉，傻子就是傻子，都不知道害怕的。"

小绿还沉浸在自己的美好幻想中,自家老大则静静地立在一块岩石上面,他几乎与夜幕中的浓雾融为一体,就像一只隐藏在暗夜中的乌鸦。关于那两个小孩的身份,他真是越来越感兴趣了。

林啸风觉得整个仙桃山除了自己,所有人都睡得很安稳,尤其是白灵珠,上午几乎看不到她的身影。他去山洞找她,才走到洞口,就听到一阵熟悉的、轻微均匀的鼾声。

说好的要一起去找水潭呢?怎么才坚持了两天就起不来了?

林啸风没有叫醒她,而是转身离开,反正他也习惯了独自行动。

林啸风前脚刚走,白灵珠便伸了个懒腰从睡梦中悠然醒来,她打了个哈欠,擦了擦嘴角溢出的口水,一脸满足。她梦到了一颗很大很漂亮的桃子,几乎有仙桃山那么大,粉嫩多汁,叶子翠绿,她住在桃子里,四周都是鲜美的桃肉,饿了随时都能咬上一口,那酸酸甜甜的味觉是如此真实,即使醒来,仍令她回味无穷。

"哎呀,怎么又这么晚了?"白灵珠看着洞外天光大亮,郁闷地一拍脑袋下了床,站在洞口看着山下安静的仙桃村喃喃自语,"他应该已经走了吧……"

"没错,不久前啸风子见你还没醒,就自己先走了!"

白灵珠循着声音望去,瞧见刑天厄正一脸嬉笑地靠在不远处的一棵桃树上,也不知在那里等了多久,双肩和发梢上落了很多花瓣,竟构成了一幅赏心悦目的画面。

"唉,都怪我,要是喜喜还在就好了,以前都是它负责叫我起

床的。"白灵珠懊恼地坐在洞口耷拉着双腿，双手撑在身侧，有一下没一下地踢着地面上的碎石。

刑天厄的眼珠转了一圈，笑嘻嘻地走到白灵珠的身边坐下，一副想要讨好她的模样。他知道，要想搞清这两个小鬼的身份，从这个小丫头下手无疑是最明智的选择。他早就看出了她的真身，不过是一只有点儿道行的小香猪而已。

"灵珠呀，我看啸风子分明是嫌弃你拖他后腿，所以自己先走一步呢。"刑天厄咳嗽两声，白灵珠听到这句话，肩膀颤了颤，一脸惊愕地抬起了头。

刑天厄就知道这招有效，于是果断地继续添油加醋："我看你跟着他来回奔波，一定受了不少苦吧？瞧这下巴尖的，哪还有点儿猪的样子？作为前辈，我可真心疼你……"

白灵珠听到这里，想起自己一路上饿肚子的情景，不由得叹了口气。虽然刑天厄这么说，但她从心底仍然选择相信林啸风，若不是他带她出山，她还没有机会领略人间的风光，也不会交到朋友呢。

"话说你跟着他这么奔波到底是为了什么呢？说出来，让大哥我帮你好好分析分析。"刑天厄往白灵珠的身边靠了靠，近距离观察了一下这只小猪精，她长得可真可爱呀，皮肤又白又嫩，眼睛又黑又亮，要是能圈起来当个宠物，那该多好呀！

白灵珠迟疑地看了刑天厄一眼，想起林啸风说的话，不由得对他提高了警惕，但自从喜喜不在了以后，仙桃山已经没有能让她敞开心扉交谈的人了，其中的孤独和压抑又有谁能体会得到呢？

"你难道觉得我像坏人？我从魔界来是不假，但你可曾见过我做坏事？"刑天厄一脸委屈地说，"我要是想做坏事，怎么会一个人来呢？我真的是来玩的，我们就交个朋友好不好？"

看着刑天厄那双清澈又诚恳的眼睛，以及那张无害的面容，

同为精怪的白灵珠竟对他产生了一丝亲切感。她叹了一口气,道:"其实啸风子接到了玉帝的任务,他要寻找合适的守护兽用以修复被损坏的生辰塔,可是生辰塔现在在哪儿,我们都不知道。"

"哦,这么说你便是那守护兽了?"刑天厄睁大眼睛,对此事产生了极大的兴趣。

白灵珠摇了摇头:"我不知道,他只说带我试一试,我觉得这根本就是不可能完成的任务,不知道为什么他能如此坚持。"

刑天厄的眼中闪过一丝狡黠,看着白灵珠忧伤的侧脸,嘴角缓缓弯起。他将右手缓缓伸进怀中,随后拿出一块鸡蛋大小、系着红绳的墨玉在白灵珠眼前晃了晃:"别再难过了,哥哥有礼物要送给你。"

白灵珠接过那块造型极其简陋的墨玉看了看,见它的正面刻着螺旋一样的东西,背面空空如也,不过是一枚很普通的玉牌,看起来一点儿也不贵重。不过既然是刑天厄的一番心意,那收下也无妨。

"谢谢你。"

刑天厄亲切地抚了抚她的头,正要说些什么,忽然感到背后传来一股寒意,他扭过头,正对上一双清澈冰寒的眼眸。

白灵珠也过回头,见林啸风正站在不远处看着自己,瞬间觉得有些做贼心虚,连忙收好玉牌站了起来:"你回来了?"

林啸风没有吭声,他不过是忘了拿水袋,不承想瞧见这样不和谐的一幕,看刑天厄一副小人得志的样子,莫非是白灵珠跟他说了什么?

见白灵珠一脸做错了事、自责不已、目光躲闪的模样,他无奈地叹了口气。就算她真的做错事了又能怎样?当然是选择继续原谅她喽,谁让她是自己选的守护兽呢?

"啸风子,今天玩得可好?"刑天厄一脸坦然,特意加重了"玩"字的话音,他最喜欢看这个冷漠呆板的小道士生气了,如果目光能化作利器,他可能早就被穿透过无数次了。

一场不愉快的偶遇不欢而散,林啸风似乎有些生气,这就给白灵珠出了个难题,自从她成了仙桃山的名誉山神婢女,从来都是别人哄她,哪有她去哄别人的道理?

林啸风有多防备刑天厄她不是不知道,正因如此,她才懊悔不已,怎能因为他的几句花言巧语,就把二人的秘密使命轻易说出去了呢?

"啸风子道长……这个是刑天厄给我的,说要送我做礼物。"午饭间,白灵珠主动示好,她凑到林啸风的身边,乖乖地将那枚玉牌放到了桌上。

林啸风拿起玉牌看了看,同样被上面的螺旋符号所吸引,用指腹摩挲了片刻,疑惑道:"这个图案,是龙?"

"龙?"

"嗯,倒过来看的话,像是一条盘起来的龙。"林啸风将玉牌倒放到桌上,白灵珠眯起眼睛,果然在一堆歪曲的线条中看到了一条盘龙的轮廓,只是这做工,这手艺,根本就像小孩的随手乱刻,毫无美感和艺术性可言,刑天厄为什么要送这个给她呢?

林啸风将玉牌重新推回到白灵珠的面前,冷冷地说:"人家送给你的礼物,既然收下了就要好好保管。"

这枚棘手的玉牌最终还是被收下,白灵珠并不认为自己跟刑天厄的关系有多亲密,只当他是村里小顺子那样的存在,能跟他和睦相处就好。只是他知道了生辰塔的事,白天三个人再上山寻找水潭,她会感到对不起林啸风,再看刑天厄,似乎比林啸风找得还要认真呢!

　　结束了一天的疲惫,白灵珠好不容易回到山洞打算美美地睡一觉,偶然一瞥,却被山洞角落立着的人影吓得一个激灵,从窝里蹦了起来。

　　刑天厄将食指放在唇前做了一个嘘声的动作,神秘兮兮地靠了过来:"白灵珠,告诉你一个好消息,我决定代表魔界招安你。"

　　"招安我?什么意思啊?"白灵珠愣了一下,随后又恐惧地抓紧了自己的小被子,"大半夜的忽然跑到别人家里来……"

　　"就是让你成为我们魔界的一员,你将会得到最强大的保护,同时还会道行大增,比你在仙桃山修炼的灵气要多几百倍!"刑天厄观察着白灵珠的反应循循善诱着,"你跟着啸风子能有什么前途?真遇到强手,他恐怕自身都难保,还是跟着我这样的大哥比较有前途。"

　　白灵珠有些蒙,这个魔王到底在说啥?什么招安她?

　　"我在这里生活得很好,不需要保护,道行嘛,似乎对我也没有多大用处。"白灵珠歪着脑袋想了想,自认为做出了正确的判断,随后话锋一转,"你们魔界都有什么好吃的呀?"

　　"当然是什么好吃的都有!天上飞的,地上跑的,树上爬的,只要你想吃,都能给你弄到!"刑天厄信誓旦旦道。

　　好像没什么食欲的样子,还是林啸风跟她说的蟠桃比较让她向往。

　　白灵珠打了个哈欠,对刑天厄的不请自来表现出了强烈不满:"那个,我要睡觉了。"

　　"那你记得好好考虑考虑。"刑天厄走到洞口,忽然回头冲白灵珠眨了一下眼睛,"大哥等你的好消息哦!"

　　"……"

　　白灵珠连忙闭上眼睛,假装已经熟睡,直到刑天厄的身影完全

消失在洞口,才坐起来望着深沉的夜幕陷入思考。

关于刑天厄想要招安她这件事,白灵珠思来想去,还是决定对林啸风保持沉默。

在认识林啸风之前,她对三界是没什么概念的,仙桃山的世界很小,小得只能分得清好坏,白灵珠自知头脑简单,这种与己无关的事按说应该直接抛到脑后才对,可昨晚她竟然失眠了。

林啸风显然注意到了她眼下那两个不太明显的黑眼圈,但他没有开口询问,他总觉得在这种时候对白灵珠无关紧要的关心显得很怪异,倒不如把注意力放在刑天厄身上。

刑天厄这几天气色不大好,相比前些日子在村子里的张扬跋扈,现在反而低调了许多,有时候见他鬼鬼祟祟地躲在石头后面警惕地朝村子里张望,似乎在躲避着什么。林啸风对他这种行为很是好奇,究竟是什么事情能让这位大魔王露出如此畏惧的表情?

"灵珠姑娘!救命啊!"刑天厄刚爬到半山腰便开始哭号,白灵珠和林啸风原本正在洞中收拾明日出行的物品,听到叫声,走出了山洞。

刑天厄坐在洞口,一脸凄凉的模样将二人吓了一跳,林啸风还没说话,白灵珠禁不住好奇率先开了口:"你这是怎么了?"

"张小翠……村子里那个张小翠……"刑天厄指着村子的方向一脸惊恐,肩膀都在微微颤抖。

"张小翠?"白灵珠怔了一下,村长家的那个痴傻女儿张小翠,她跟刑天厄有什么关系?

林啸风一脸疑惑地看向白灵珠,白灵珠便附在他耳旁低声道:

"张小翠是村长家的痴傻女儿。"

趁二人窃窃私语之际,刑天厄缓了过来,他轻轻地拍了拍心口,看上去似乎受到了不小的惊吓:"张小翠说要嫁给我,太可怕了!"

"啊?"白灵珠捂着肚子笑弯了腰,"你要当村长家的女婿啦!"

刑天厄脸色一黑:"我可没答应。"

"悄悄告诉你,小翠姐姐其实很漂亮的,只是小时候摔破了脑袋变痴傻了而已。"白灵珠一本正经道,"她若是好好打扮打扮,绝对是仙桃村的第一美人!"

"我来人间次数少,你可别骗我。"

刑天厄依旧惊魂未定,他来人间也是有任务的好吧,姻缘这种事儿按说跟他八竿子打不着,何况那个张小翠也太可怕了,就像一条刚从泥塘里爬出来的泥鳅,他这种爱干净的人哪怕看一眼就已经浑身难受了,居然还要他娶她?

"爱信不信喽!"白灵珠摊手,随后背起收拾好的包袱,准备再次跟林啸风踏上寻找潋川仙子的路途。

"等等我,我也去!"刑天厄连忙跟上。

"魔王大人,话说你都没有自己的事做吗?"白灵珠伸手做出了一个止步的动作,成功让刑天厄停下了脚步,继而转身跟着林啸风走远。

刑天厄站在原地看着越走越远的两个人,逐渐冷静了下来。白灵珠突然态度大变,绝对又是这个啸风子在捣鬼。

过了很久,刑天厄将手放在嘴边吹了个口哨,不一会儿,红黑绿三个小小的身影便出现在他的面前,他们的眼睛亮晶晶的,对他充满了崇拜之情。

"好孩子,我需要你们的帮助……"

傍晚,林啸风和白灵珠从山上回来,又是一无所获,随着时间的推移,林啸风越来越沉默了,白灵珠看在眼里,有些自责,也有点儿心疼,但更多的是不知所措。在她心目中,林啸风一直都是一个很坚强的男孩子,即使面临困境,他也不会将落魄表现出来分毫,而是执着地日复一日地寻找。

"我相信我们一定会找到的!"分别之前,白灵珠站在洞口对林啸风大声喊道。

她的声音清脆,就像夏日穿过竹林的一阵凉风,林啸风回味了很久,微微弯起嘴角:"灵珠,谢谢你。"

他不怕失败,只是怕辜负玉帝对他的信任,也怕辜负了白灵珠一路上跟他受过的苦。走在返村的路途中,林啸风想了很多,忽然,一抹绿影从丛林中出现,扑倒在他的脚边,神情十分痛苦。

"小绿?"林啸风看着脚前的绿衣小姑娘,一头雾水。

小绿装作一副很痛苦的样子哀号不断:"哎哟,疼我死啦!你扶我起来好不好?"

林啸风皱着眉看了小绿一会儿,刺杀?应该没这个可能。他伸手将她搀扶起来,小绿道了声谢,便一溜烟地跑开了。

等到林啸风走远,两个人影才不紧不慢地从不远处的桃花林后绕了出来,正是仙桃村的村长和刑天厄。

"怎么样?我没说错吧,这个小道士平常看起来文文弱弱的,背地里勾搭精怪的事可没少干。"刑天厄指着林啸风离去的方向振振有词,"啸风子留在仙桃山,只会给仙桃山带来灾难。"

村长凝眉沉思着,浑浊的目光有些犹豫:"可他跟灵珠姑娘交好……"

"灵珠姑娘只是暂时受他蒙蔽罢了,他此行前来仙桃山,实际上是要寻找仙桃山的宝物,一旦失去宝物,仙桃山将万物枯竭。"刑天厄一脸严肃。

村长听到这话果然神色大变:"我这就回去同大家商议商议。"

"有劳村长!"刑天厄拱了拱手,眉梢间尽是藏不住的喜悦。

村长走了两步猛然回头:"对了,你跟小翠的婚事也由我同长老们一并操办了吧,选个吉利日子……小刑你去哪里?"话还没说完,只见刑天厄已经瞬间跑出了十丈之外,那紫色的衣角一眨眼便与重重桃花融为一色,消失不见了。

不知何时,仙桃村的村民们对林啸风的态度突然发生了巨大的变化,就连一向神经大条的白灵珠都能从那些提防的眼神中察觉到一丝不善。林啸风为人坦荡,自认为没有做对不起村民的事,所以每日仍旧平静地重复着之前的作息。

只是太阳落山,他拖着疲惫的身躯归来,却盯着屋内的一片狼藉发呆。

离开紫竹山时带出来的道袍和那张写有神算二字的麻布不知被谁翻了出来,扔在地上,上面还有几个清晰的脚印。竹签被倒在地上,有几支已经被折断,墙上还用黑炭写着"妖道"两个大字,这一切的一切无不刺激着他近乎崩溃的神经。

林啸风快步走到屋外想要透透气,号称"世外桃源"的仙桃村仍然寂静缥缈,只是这个村子如今对他已经不友好了。

几名孩童正拿着弹弓躲在不远处,用一块尖锐的石块瞄准他,他还没有反应过来,就觉得右侧脸颊忽然一阵刺痛,一块沾着血迹的石头掉到地上,滚到了草丛深处。

孩童们嬉笑着跑开,独留林啸风站在原地一脸错愕。

　　白灵珠知道这几日林啸风陷入愁闷之中，已经一连好几天都没有好好吃饭了，便特地拿了几颗苹果想要给他，没想到却被她看到了这样一幕。苹果从她的怀中落下，砸到了脚上，她却一点儿也感觉不到疼，反倒是林啸风那张倔强的面孔令她心痛不已。

　　"喂！你们几个给我站住！"白灵珠气愤地朝那几名孩童跑去，却怎么都追不上，只好把手中的苹果愤怒地丢了过去。

　　林啸风已经回到屋子里开始收拾一地的狼藉，白灵珠跑进屋时怔了怔，索性蹲下来同林啸风一起收拾。她将那些被折断的散落在地的竹签一根根拾起，心里非常难受，这些都是他们在永安城时美好的回忆，现在却沾满了泥泞。

　　"你受伤了。"白灵珠拿出一块洁白的手帕轻轻擦拭着林啸风脸上的血迹，眼泪直在眼眶里打转，"我一会儿就去教训他们，真是太不像话了。"

　　白灵珠的孩子气成功将林啸风逗笑了，一看到白灵珠气得鼓起的脸颊，他脸上的伤似乎也没那么疼了。

　　"跟他们没关系，应该是刑天厄捣的鬼。"林啸风有点儿不好意思，不经意地避开白灵珠拿着手帕的手，"他想把我赶走。"

　　"我不会让他得逞的。"白灵珠的神情难得严肃，看向林啸风的眼神也满满的都是信任，"虽然你有时候又冷漠又呆板还不让我吃饱饭，但我还是相信你，就算他们都不相信你，我也相信你！"

　　林啸风莫名有点儿感动，他很想抱抱白灵珠，却又怕违背了祖师爷的道义，这是从小到大除了师父外第一次有人给予他这样的信任和肯定，也是对他莫大的鼓励，让他瞬间从低谷中走了出来。

　　与此同时，刑天厄正同小红、小绿和小黑偷偷地蹲在屋子外面的乱草堆中暗中观察着屋内的情况，见两人互表信任，刑天厄的脸都要气白了。

"老大,你的计谋好像失败了耶。"小绿抬头,一脸天真地说,全然无视刑天厄眼里的怒火。

"还不是你演得太烂了,让你演摔倒,你直接扑到人家脚上干吗?"鲤鱼精小声嘀咕着。

"跟我有什么关系……"小绿一脸委屈。

无视身边跟班你一言我一语的埋怨,刑天厄很快冷静了下来,他看着屋里林啸风的身影攥紧了拳头,居然这样都没能让白灵珠改变心意,难道在她心中,这个不过才认识了几个月的小道长比她土生土长的仙桃村还要重要?

刑天厄摸了摸蹲在自己身边始终沉默不语的黑衣小男孩的脑袋,两个人对视一眼,一个新的阴谋正在他的心中悄悄酝酿。

林啸风自从被石子砸伤后,没再勤劳地上山寻找线索,在白灵珠的强烈要求下,他在村子里静养了几日,几天过去,脸上的疤痕已经结痂,却还是落下了一道浅浅的红印。

为了防止这种事情再发生,白灵珠每天都会来村子里看他,而刑天厄竟然消失了好几天,很久都没有再出现在村子里,这让林啸风稍微有些放下心来,反正一见刑天厄,他就有种不好的感觉。

给林啸风送完水果,白灵珠惬意地打着哈欠走在山道上,准备回洞小睡一下,路过村口时,却发现一个鬼鬼祟祟的人影蹲在大树后面。

那女子穿着邋里邋遢,原本干净的湖蓝色外衫已经几乎看不出颜色,头发上沾着褐色的泥块,脸上黑漆漆的,像是从煤炉里爬出来一样,只有一双眼睛亮得失神,目不转睛地盯着一个方向看。

"小翠姐姐，你在这里干吗呀？村长知道你跑出来了吗？"白灵珠悄悄上前，蹲在张小翠的身旁，同她一起望着村口的方向。

张小翠做了个噤声的动作："嘘，他快要回来了。"

"谁？"

"我夫君。"张小翠一脸幸福地说。

白灵珠很快就明白了她说的是谁，这么一想，确实有很多天没有见到刑天厄了，不知道他又在搞什么名堂。一想到林啸风脸上的伤，她就气不打一处来，等再见到他，一定要狠狠地骂他一顿才行！

"小翠姐姐，他干吗去了啊？"

张小翠摇了摇头："不知道。"

"那你怎么知道他快回来了？"白灵珠疑惑地挠了挠头，果然和精神不正常的人是无法正常沟通的。

"他一定会回来的，因为我在这里。"张小翠羞涩一笑，那张黑脸上露出一口新月般的银牙，她这个样子，刑天厄看到一定又要嫌弃了。

白灵珠吐了吐舌头，并不打算陪张小翠一起等，只是交代了几句让她早些回家，便起身离开了。

回到山洞时正值黄昏，她站在洞口回望，上百年未曾变化过的景色似乎与往日有了些不同，柔和的夕阳将目之所及的景物染了一层金黄，青山层峦叠嶂，碧水宛如一块块玉石镶嵌其中，村庄安逸静谧，时间仿佛定格了一般，偌大的天地间只剩下她一个人。

大概是有了特殊使命的缘故，再次看这片土地，竟然油然而生一种想要好好保护它的欲望，白灵珠觉得自己这个想法简直伟大极了。

刑天厄回村是在晚上，他大摇大摆地走进村子，而那个一直在

村口等他回来的脏兮兮的女子已经耐不住困意靠在树上睡着了。

刑天厄的心情有些愉悦,他此番出门会见了一位朋友,那位朋友曾经送给他一支迷倒万千少女的紫玉箫,如今还告诉了他一个关于生辰塔和守护兽的重要线索。有背景在仙界就是不一样,他那些被魔王派遣出去的同僚可没有这么好的待遇呢,等他立了功,看谁还敢无视他!

不远处利刃划破风声,刑天厄不由得停下了脚步,这声音他很熟悉,有人在练剑,这黑天半夜的,是谁这么勤奋?

他弯起嘴角,故作轻松地背着手朝剑啸传来的方向走去。竹林中,夜色下,一名翩翩少年正在月光中舞剑。

林啸风这几日闲得无聊,索性找了一根桃木,用匕首削成一把剑的形状。他并不是个只会算命求财的小道士,自小师父便教授他各种武艺,而所有的武艺中,他似乎对剑术有着独特的天赋,无论多么复杂的招式,他只要看过一遍就能有模有样地学出来,就连师父都对他这种天赋惊叹不已。

刑天厄看了一会儿也暗暗吃惊,这个少年人的内力看上去充盈臻纯,仅仅是一柄桃木剑都能刺出如虹气势,这让他不禁有些怀疑起他的身世来,慕水可没跟他提起这位少年人的来历啊。

"暗中窥视绝非君子所为,阁下不妨出来一叙。"

林啸风背对着竹林挽了个漂亮的剑花,声音有些疲惫,他早就发现刑天厄躲在一旁偷看了,他那点儿小聪明怎么可能瞒得过啸风子的眼睛。

刑天厄摸了摸鼻子悻悻地走了出来,他看着月光下意气风发的少年,竟没来由地生出一股嫉妒之情,他正年轻,有着俊秀的外表和一身的正气,他心系天下苍生,还有挂念着他的好朋友。而自己,除了自家后院的三个小跟班,似乎什么都没有,没有人在乎

他，也没有人崇拜他，更没有人喜欢他，当然，那个张小翠不算。

"这么晚还在练功，啸风子很勤奋嘛。"刑天厄用一副开玩笑的口吻说道。

林啸风正有些困意打算回家休息，听他这么说，只好强忍着睡意继续与他对峙。他知道村民们对他态度大变就是他捣的鬼，但在没有确凿的证据和不知道他真正实力的情况下，他顾及白灵珠，还是不敢贸然对他出手。

"听说，你是来找生辰塔的，可有什么收获吗？"刑天厄打了个哈欠。

林啸风瞬间警惕了起来，一脸防备地看着刑天厄："谁告诉你的？"

"啊哈……"刑天厄嘿嘿一笑，"这么重要的事，当然是灵珠姑娘告诉我的，我们可是无话不谈的好朋友呢。"

"她还跟你说什么了？"林啸风有些不信，白灵珠虽然有些好吃懒做，但智商还是在线的，怎么会无缘无故跟刑天厄说这些呢？

"你受玉帝所托，前来凡间寻找被我们破坏的守护兽用来修复生辰塔，可你连生辰塔在哪都不知道，对吗？"刑天厄看着神经紧绷的林啸风，莫名很有成就感。

"我们灵珠还说跟着你这一路受了不少苦，她原本不想找生辰塔的，守着这处世外桃源清修一生岂不美哉？你知不知道你这么做可能会给仙桃山带来毁灭？"刑天厄看着林啸风收敛了笑容，他不笑的时候神情格外冰冷，让人不寒而栗。

林啸风垂下眼眸，握着剑柄的手微微颤抖，脑子里有些混乱，一时间竟失去了判断的能力，因为不知从什么时候开始，他越来越在意白灵珠的想法了，刑天厄似乎发现了这个软肋，一直以此来捉弄他，并且乐此不疲。

"仙桃山大大小小的水潭数以百计,就凭你们两个还想找到生辰塔,门儿都没有,你不如趁早回你的紫竹山去,好好学学算命才是正经事……"刑天厄语带嘲讽地说着,得意之情溢于言表,欺负这个呆呆的小道士实在是太有成就感了!

"你要是能找到的话,就不会站在这里跟我说话了。"林啸风冷酷地丢下这句便转身回了房,似乎每次跟这个刑天厄说话都会让自己的心情变得不好,不如跟白灵珠一样一觉解千愁。

这下轮到刑天厄心情不好了,林啸风说的没错,来到仙桃村这么久,他除了跟两个小孩子逗趣,顺便招惹了个张小翠之外,同样一无所获,这样下去什么时候才能回去邀功啊?那个破生辰塔到底在哪里?

垂头丧气了一会儿,刑天厄郁闷地转身离开,对藏在不远处那个几乎与黑暗融为一体的女子毫无察觉,直到他走远,张小翠才站起身,她听到了刚才的对话,此刻眼神有些迷茫。

刑天厄口中所谓的"宝物论"很快在村子里传散开来,村民们纷纷认为林啸风拿走宝物后会给仙桃山带来毁灭性的灾难,更加坚信白灵珠是受到了蒙蔽。林啸风被从村子里赶了出去,只好在一块相对平坦的山坡上自己动手盖了一个简易的木屋,倒也相对安生。

只是天有不测风云,接连几天,仙桃山阴雨连绵,闷热异常,村中不断有家畜死去,造成了不小规模的骚动。更可怕的是,经常有成群的秃鹫站在树梢上,用一双双通红的眼睛盯着过往的村民看。

"这一定是那个妖道执意寻找宝物造成的!"村长站在屋檐下,一脸担忧地盯着明媚不复的仙桃山,前方是撑着伞的村民,他们十分赞同村长的话,正在低声谈论着什么。

"你们这是在干什么?"白灵珠得到小顺的报信后连忙赶了过

来,平日里朝夕相处的村民私下集会竟然不叫自己,这让白灵珠非常吃惊。

"我们要把那个妖道赶出去!"大家集体高呼。

"为什么啊?"白灵珠一脸惊愕,看着大家愤怒的表情感到十分陌生。

"他将宝物带走会给仙桃山带来灾难,现在不正常的天气和瘟疫已经足够证明这一点了!"村长严肃道,"灵珠,你未经世事,年纪还小,千万不要被他蒙蔽了。"

"他不是来找宝物的,是来修复宝物的,不然全天下都会陷入混乱……"白灵珠拼命解释着,却依旧无法平息村民们的怒火。

"灵珠呀,你真的觉得自己就那么凑巧是他要找的守护兽吗?"刑天厄看戏一般地抱着双臂站在树下躲雨,一脸惋惜的表情,"啸风子寻找生辰塔并非为了解救天下苍生,而是有自己的目的,对你,也不过是暂时利用罢了,你这个傻孩子,什么时候才能聪明点儿呢?"

"我……"白灵珠看着一脸得意的刑天厄和愤怒的村民,一股无力感让她禁不住红了眼眶,她清楚自己这一路上并没有什么作为,林啸风当时也只是说带着她试试而已,她还真把自己当成守护兽了,如今村民们的眼神和刑天厄扬起的嘴角都是对她莫大的嘲笑,早已击溃了她的内心。

"这段日子多有打扰,啸风子特来向各位道别。"

众人回头,见林啸风正背着包袱撑着一把油纸伞站在不远处,他就像初次见面时一样倔强淡然,仿佛这段日子什么事都没有发生过,他的眼中却包含了太多没说出口的话。

"快走吧!别再回来了!"村民们一脸不耐烦地驱赶着。

白灵珠隔着人群与他对望,想要挽留,却什么话都没能说出

口。林啸风特意对她挥了挥手,一向波澜不惊的眼眸中有一丝哀伤一闪而过。

"道长……"等他走远,白灵珠才呆呆地站在原地轻声呢喃。

他竟然就这么走了,就这么头也不回地离开了仙桃山。白灵珠能隐约猜到他的苦衷,他应该是不想拖累她,或许这是最好的解决办法。

刑天厄笑着走到她的身边,用手轻轻拍了拍她的肩膀:"别难过了,灵珠,以后都会好起来的。"

他的手心很烫,那是一股让人极不舒服的温度,令白灵珠十分厌恶:"刑天大哥,既然他已经走了,你是不是也该离开了?"

"我?"刑天厄的眼眸隐隐发红,随后一脸惋惜地摇了摇头,俨然一副人不要脸天下无敌的模样,"我可不能走,仙桃山人美景美,我还没玩够呢。"

刑天后的后院每天都在进行着一场没有硝烟的战争。

一片池塘，一棵枯树。

池塘里伏着一只红鲤，枯树上立着一只秃鹫，它们剑拔弩张，恶狠狠地对视着。

"你有本事就上来！"

"你有本事就下来！"

"你上来！"

"你下来！"

这样的对话几乎每天都会重复几遍，自从那个小男孩将他们放进后院，针对后院统治权的战争就开始了。红鲤无法上岸，秃鹫无法下水，它们有自己神圣不可侵犯的领域，同时也觉得自己才是后院最强的生物。

直到某天，那银发小男孩再次欢快地跑进来，他的双手小心翼翼地掬着，将一只小青蛙放在地上，乖巧地蹲在一边抚摸："小青蛙你要乖乖的，我会经常来跟你玩的。"

小青蛙安静地坐在一旁，一脸无畏，它看了看树上的秃鹫，又看了看池里的红鲤，眼中满是不屑。

银发小男孩走后，它先是在院子里蹦了一圈，又下池塘潜了一会儿，随后满足地上岸找了个阴凉地呼呼大睡。

秃鹫和红鲤震惊了。

"喂，以后你就是这后院的老大了，我俩都听你的。"

"呱。"小青蛙叫了一声，神情迷茫，它跳到另一个角落，继续自己的睡眠。

　　它们不知道那声"呃"代表的是什么意思,只觉得它对当老大似乎并不感兴趣。
　　一鱼一鸟面面相觑了一会儿,秃鹫扑了扑翅膀,恢复了之前的凶狠:"你给我上来!"
　　"你下来!"

倦鸟归巢,飞过天际,鸣叫声在空旷的山谷间回荡,白灵珠坐在山洞旁,心不在焉地盯着远方的崇山峻岭。

道长走了,喜喜也走了,现在仙桃山只剩下她自己了,白灵珠垂下眼睑,委屈地嘟起了嘴,现在的一切不是她造成的,她没必要自责,可让她像以前一样无忧无虑地生活,在经历了这么多事后,她似乎已经无法做到了。

"灵珠妹妹,你怎么看起来不高兴?"刑天厄嬉笑着上前,坐到她身边一脸谄媚,"要不要哥哥给你吹个小曲儿听听?"

白灵珠白了他一眼,实在搞不懂这个不正经的魔君内心真实的想法,他打着旅游的名义暗地里找生辰塔,却又没伤害他们,可他为什么要忽悠村民赶走林啸风呢?如今她对这个男子实在是没有一点儿好感,索性不理他。

"是不是因为自己一个人感到很无聊?要不我叫小绿她们来陪你?"刑天厄仍然继续着他的招安大计,争取在自家后院再添一只小猪,名字都取好了,就叫小粉吧。

"魔界,好玩儿吗?"白灵珠在极度无聊下,不禁开始好奇起另一个世界。

"当然好玩儿,那里的河是黑色的,两旁开着红色的花,那里看不到天空,看不到月亮和星星,只能看到浓雾,有时候天上会掉下火来,说明凡间有人坠入黑暗了。"刑天厄望着晚霞喃喃自语,眼神似乎飘到了很远的地方。

白灵珠听着他的形容,想到了一幅很哀伤的画面,在那种地方

长大的人，为什么还能笑得如此灿烂？

"除了它们三个，你就没有其他朋友了吗？"白灵珠转头看着刑天厄忧伤的侧脸问。

"有，我的祖父，他曾是刑天家族的骄傲，魔界的元尊，他是对我最好的人。"刑天厄谈及祖父，脸上竟然露出一种兴奋的神情，"小时候，他会带着我去人间玩，教我厉害的武功，看我孤单便送给我一只秃鹫、一只青蛙和一只鲤鱼，我是亲眼看着它们长大化形的。"

"那他还在魔界吗？"白灵珠听刑天厄这么说竟然有些羡慕，她可一直都是一个人，从没见过自己的亲人呢。似乎从懂事起，她就在这个山洞里了，洞口曾经长着许多奇异花草，小时候她饿极了便会去吃，当那些花草几乎被吃光的时候，她一觉醒来发现自己变成了一个小女孩。

"十五年前他去了人间，之后杳无音讯。"刑天厄声音很低，听起来有种莫名的愁绪，"他们说他背叛了魔界，我不相信。"

"相信你一定会再见到他的。"白灵珠出言安慰，内心竟生出了一股同情之意。

刑天厄见这个小丫头被自己的故事感动，内心有些窃喜，如今林啸风那个麻烦精走了，再也没有人耽误他寻找生辰塔了，至于这个小丫头嘛，就让他们慢慢熟络起来，然后把她带回魔界好了。

"不谈这些伤心事了，我吹笛子给你听？"刑天厄说完，不管白灵珠是否愿意听，便抽出那支紫玉箫，开始愉快地吹了起来。

白灵珠耸了耸肩，有点儿无奈，却还是安静地听着，幸好现在有刑天厄陪着她，虽然没安什么好心，但至少有个可以说话的人。

夜幕降临，繁星挂在云端不停地闪烁，一丝凉风伴随着嫩笋的香气吹进山洞。睡梦中的白灵珠吸了吸鼻子，悠悠睁开了眼睛，随

之而来的是肚子"咕噜"一声不争气的叫唤。

"唉,真是一失眠就容易饿呀。"白灵珠边嘟囔着边揉着肚子起了身,披了件外衣便走出山洞想要觅食,这个季节的笋子最是美味甘甜,到底是哪里的笋子悄悄破土要成为她的果腹美食了呢?

白灵珠循着香味舔着嘴唇一脸陶醉地走着,不知不觉走到了一座石丘前,香味戛然而止。

石丘很陡很宽,底部有一个可以通过一些小型动物的小洞,阵阵凉气伴随着笋子的香气传出洞外,那阵清冽的清香让白灵珠浑身一颤,不知为什么,她直觉这里面藏着一个水潭。

白灵珠定了定神,摇身一变化作原形,一只粉红色的小猪撒开四只小短腿便朝着洞里跑了过去。

山丘内部很大很空,仿佛一座宫殿,跟那个狭小、丝毫不引人注目的洞口形成了鲜明对比。白灵珠忍不住感叹,她在这里生存了上百年,竟然都不知道有这样一处地方存在。

鲜绿色的笋子长在石壁上,散发着阵阵诱人的香味,白灵珠却一点儿也不饿了,因为在山洞的正中间有一处水潭,水潭很小,只有一口井那么大,里面的潭水清冽平和,却泛着七彩流光,将整个山洞照得夺目生辉。

"这是?"白灵珠小心翼翼地趴在潭水边往下看,除了一只模样可爱的小猪,她还看到深不可测的漆黑潭底映出了一些建筑的轮廓。

这是潋川仙子的洞邸?没想到它竟然真的存在,就在仙桃山,就在她洞邸的不远处!

她竟然在毫不知情的情况下跟潋川仙子做了几百年的邻居!

"找到了!找到了!"水面上的小猪咧开嘴笑了起来,随即欢快地朝洞外跑去。

白灵珠很兴奋,她竟然误打误撞地找到了潋川仙子的住所,同时在心里抱怨林啸风不多留几天,自己要赶快找到他才行。

月亮高挂在天空,远方逐渐泛起了鱼肚白,白灵珠奔回山洞拿了一块方布便开始收拾东西。几颗苹果,几块点心,一袋泉水,收拾完毕后将包袱系在身上,快步下山,她要尽快找到林啸风才行。

村口近在眼前,此时村民还都在熟睡之中,白灵珠回忆着那天林啸风离开的方向,不由得加快了脚步。

就在这时,三个小小的身影突然出现在村口,挡住了她的路。

白灵珠一怔,问:"你们在这里干吗?"

"这话倒是应该问问你,深更半夜的,你要去哪里?"刑天厄不知何时出现在她的身后,脸上带着神秘莫测的笑,周身弥漫着一股腥雾。

"我……"白灵珠咬了咬嘴唇,脸色有些发白。

刑天厄慢悠悠地踱到她的面前,凝视着她的脸庞声音轻柔地问:"灵珠,你是找到什么了吗?"

白灵珠的神情蓦然惊恐,刑天厄是怎么知道的?此刻,站在他身后的黑衣小男孩骄傲地扬了扬头,一双眼睛格外猩红。

是他,小黑,夜间活动的秃鹫,刑天厄莫非一直在暗中监视她?

"整个仙桃山已被我布下结界,从现在开始,任何人都别想进来,当然也别想出去。"刑天厄的声音骤然变得冰冷。

当村民们打着哈欠走出家门,准备前往不远处的田地挥洒新一天的汗水的时候,却意外地发现自己无论如何都无法踏进那片近在咫尺的田地,仿佛有一层薄纱将他们与另一个世界隔离开来,等惶

恐开始蔓延的时候，白灵珠已经被关在山洞里五个时辰了。

她靠在墙壁上伸手触碰着洞口的结界，无论如何也突破不出去，急得都要哭出来了。同样是动物，为什么人家小红和小绿除了人形还能修得一身好本领，自己却除了一副皮囊外什么本事都没有？

过了半日，仙桃村上方的天空开始布满了乌云，电闪雷鸣，村民们被吓得纷纷躲在家中插上了门闩。

无数暗影披着黑色斗篷自外界涌入，游荡在仙桃山的每一个角落，那些都是刑天厄早就带来埋伏在仙桃山附近的魔卒，他终于出手了，在白灵珠发现潋川上神的居所之后。

"给我好好看着她，没有我的命令，任何人都不许放她出来！"

刑天厄走到山洞前交代着负责看守白灵珠的两名魔卒，继而站到白灵珠的面前笑道："灵珠啊，这回你可是立下大功了呢，等我抓到潋川，找到生辰塔，一定会好好奖赏你的。"

刑天厄说完，便哈哈大笑着走了，白灵珠看着他渐渐远去的身影，不禁担忧起那位素未谋面的潋川仙子来。那么小的水潭，那么普通的山丘，潋川仙子会不会有危险？她要是真的被刑天厄抓住了，自己岂不是成了罪人？

白灵珠越想越气，越想越怕，加上从昨晚开始就没有吃东西，现在更是饥肠辘辘。她一向是想睡就睡，想吃就吃，哪里受过这种委屈，忍不住将头埋进臂弯里偷偷哭了起来。

"什么人？"门前那两名魔卒忽然开始惊呼，紧接着朝洞口右边的方向跑去。

白灵珠疑惑地抬起头，魔卒封山，此刻几乎所有的村民都应该闭门不出才对，难道是……

片刻的兵刃相接后,洞外恢复了宁静,随后是一阵熟悉的脚步声。

仍旧是清逸如玉的面容,仍旧是波澜不惊的神情,那个蓝衣少年将木剑负在身后,伸出手掌贴在空中不知感应着什么,随后慢慢走了进来。

林啸风看着呆坐在地上的白灵珠,走过去单膝跪在她的面前,像变戏法一样从袖中掏出一颗苹果递给了她,声音平缓而柔和:"饿了没?"

豆大的泪珠自白灵珠的眼眶溢出,她很想扑上去抱住这个少年,却最终只是接过他递来的苹果,委屈地点了点头:"嗯。"

"刑天厄……刑天厄去找潋川仙子了,我找到潋川仙子的洞邸了,就在……"白灵珠咬了一口苹果结结巴巴地抽泣道,忽然睁大了眼睛,一脸惶恐。

"我知道。"林啸风打断了她的话,指了指苹果示意她继续吃,"让他挖吧,如果真能用这种方式找到潋川仙子,我们岂不是坐享其成?"林啸风说着,坐到白灵珠的身边,对于刑天厄找潋川仙子的事似乎一点儿也不紧张。

"话说,你怎么忽然回来了啊?"白灵珠擦了擦眼睛疑惑地问。

"刑天厄还在村子里,我怎么敢离开。"林啸风将头靠在石壁上假寐,留给白灵珠一个清俊的侧脸,"我可是一直在看着你呢。"

白灵珠脸上一红,莫名有些感动,怪不得他能在这个时候忽然出现。正要表达一下感激之情,却看到手中的苹果时眉头瞬间皱了起来:"那你为什么这么晚才来找我?"

"我要先确定刑天厄不在附近。"林啸风见白灵珠生气,有些

无奈地解释道。

"那刑天厄现在在干吗?"

"挖洞。"

刑天厄果真在挖洞。

那座原本并不起眼的小山丘已经被魔卒包围,他们排着长队将石块运出,如今那水潭没了山丘的遮挡,已经完全暴露在众目睽睽之下。

这座泛着七彩流光的水潭让刑天厄啧啧称奇,三个小跟班躲在他的身后,同样一脸好奇地探头探脑。

"不是说他很不受重视吗?竟然能调来这么多魔卒……"白灵珠躲在不远处的一处山丘后跟林啸风小声嘀咕。

林啸风同样潜伏在一处土坡后,两个人谨慎地观察着刑天厄的一举一动,那个自称大魔王的紫袍男子正跷着二郎腿坐在水潭侧面的石头上,一张俊脸绷得很紧,目不转睛地盯着正在被大肆开挖的水潭。

"已经挖了四个时辰了,明明这么小的水潭,怎么水就是不见少呢?"小绿打了个哈欠,一双小手却没有闲着,一直在给刑天厄捶背。

"这水潭太古怪,我进去游了很久都没有看到底,就像一座迷宫一样。"红衫小男孩挠了挠头,他的衣裳湿淋淋的,是刚刚奉刑天厄的命令化作原形下去探路弄湿的。

白灵珠和林啸风听不到他们说了什么,但看刑天厄越来越黑的脸色,便知道事情并不那么顺利。

林啸风也注意到了，无论那些魔卒怎么舀潭水，那些潭水始终没有减少，仍然满满地溢在潭口。上面这么大的动静，不知道潋川仙子察觉到了没有。

这时，一名魔卒匆忙跑上前来附在刑天厄的耳边不知说了什么，惹得刑天厄勃然大怒，陡然起身大喝："什么？竟然跑了？你们几个都是饭桶吗？"

他骂完，不停地揉着太阳穴，来回走了几圈后厉声道："传令下去，封死仙桃山的每处路口，就算挖地三尺也要把他们给我抓回来！"

白灵珠跟林啸风面面相觑了一会儿，终于意识到了事情的严重性，仙桃山已经被布下了结界，凭林啸风的功力根本无法解除，难道他们就只能被困在这里坐以待毙吗？

"咱们先走吧。"林啸风低声道，白灵珠点了点头，二人随后小心翼翼地弓着腰离开了。

按理说仙桃山这么大，范围这么广，怎么可能找不到一个容身之所呢？然而刑天厄带来的魔卒不仅数量众多，效率也高得出奇，不到半天时间，三十六峰几乎处处被黑色瘴气覆盖了，无法出去，他们只能在仙桃山寻了一处简陋的山洞藏了起来，但恐怕也会很快被刑天厄找到。

林啸风知道，正面对抗是行不通的，他可以打倒两个魔卒救出白灵珠，却不能面对成千上万的魔卒，何况还有个未曾出手的刑天厄。他看着洞外的满天阴郁有些发愁，身边却响起了轻微的鼾声，转头一看，白灵珠早已靠着他的肩膀进入了睡梦中。

都什么时候了还睡得着……

林啸风有些无语，但这个时候除了担忧似乎也没有别的办法，加上这几日为了监视白灵珠，他几乎几夜未曾合眼，便靠着墙壁打

算闭上眼睛缓一会儿,慢慢地,也失去了意识。

醒来时已是黄昏,白灵珠仍在酣睡,山洞外瘴气缭绕,无数魔卒穿梭其中,唯一不同的是,山洞里多了一个包袱。

那是一个很简陋的青花包袱,打开后,里面放着一些干净的瓜果面点和几袋水,林啸风看着这些干粮怔了怔,这些东西会是谁送来的?如今魔界入侵,村民家家户户闭门不出,而且两个人还藏在这样一个隐蔽的山洞里,更不应该会有人找到他们啊。

林啸风从随身携带的包袱里取出一枚银针将那些食物和水挨个验了验,发现没有任何问题,难道又是某位神仙特意来帮助他们的?

"呃……好香。"白灵珠翻了个身,舔了舔嘴角,林啸风觉得有趣,便拿出半张大饼在她鼻子前晃了晃。果不其然,不出片刻,那双眼睛便悠然睁开。第一眼就看见食物的感觉对白灵珠来说简直不要太棒,她盯着那张大饼,几乎要变成对眼。

"欸?哪里来的葱花饼?"白灵珠坐起来,拿过那张大饼毫不客气地咬了一口,"真好吃!"

"我刚刚也不小心睡着了,醒来的时候就看到这个包袱。"林啸风指了指地上的青花方布,"你想想,会是谁送来的呢?"

大饼僵在嘴边:"总不会是刑天厄给咱们送来的吧?"

"不可能是他。"林啸风喝了口水道。

"那会是谁呢……莫非是潋川仙子?"白灵珠做出了第二次猜测,这次的猜测似乎靠谱了许多,林啸风想了想,如果真是潋川仙子的话,凭她的神通广大,很有可能知道他们现在身处困境,但她为什么不直接出现在他们面前呢?他们现在可是很需要她帮助的啊。

山洞外面仍然乌烟瘴气,魔卒仍然驻守着仙桃山的每一个地

方,刑天厄仍然没放弃那个水潭。林啸风和白灵珠躲在山洞里,难得拥有一时的清净,同时也知道,一旦露面,无疑是自投罗网。

虽然很想知道好心来送吃食的人是谁,但一连三天,即使林啸风努力让自己保持清醒的状态,那个人再也没有露过面,好在送来的食物足够多,让他们两个人得以短暂喘息。

林啸风不知道刑天厄那边的进度如何,不过既然魔卒还在,说明那处流光水潭仍然没有被攻破,这无疑是一个好消息。

次日黎明,一阵整齐的脚步声将闭眼浅寐的林啸风惊醒,他走到洞口探了探头,借着还未升起的太阳的光芒,他看到了一队魔卒正手持兵器仔细搜寻着什么,目光放远,瞳孔陡然收缩。

不只是一队,无数队魔卒正在大规模地搜山,刑天厄终于沉不住性子要抓他们了。

"灵珠,灵珠,快起来!"林啸风连忙摇醒睡梦中的白灵珠,"刑天厄命人搜山了。"

白灵珠半梦半醒地翻了个身,一脸懵懂地坐了起来。在白灵珠醒神的同时,林啸风也将山洞转了个遍,他发现这个山洞有一个浅浅的拐角,刚好可以避开洞口的视线,如果那些魔卒搜查得不仔细,只在洞口望一眼就走固然很好,但如此大规模的搜查,这样一个拐角又能护他们多久?

魔卒的说话声越来越清晰,林啸风咬了咬牙,愣是拽着白灵珠躲进了拐角的阴影里,事态紧急,只好赌一把了,只希望他们的运气能好一点儿。

脚步声越来越近,林啸风将手悄悄伸向了背上的木剑,他已经做好了殊死一搏的准备,就算杀出一条路,他也要想办法把白灵珠送出去。

就在魔卒的一只脚已经迈进山洞里时,忽然从不远处传来了一

阵悦耳的歌声。歌声来自一名女子,她的嗓音干净清澈,正哼着一首仙桃山世代流传的小调,听声源似乎就在他们的头顶上方。

"什么人？"魔卒原本踏进来的一只脚又收了回来,只听头顶上方,有着一块石头之隔的地方传来一阵女子的轻笑:"刑天厄在哪里？我要见他。"

"好像是小翠姐姐的声音。"白灵珠低声道,林啸风做了个噤声的动作,凝神静听。

"他不愿意见我……"女子的声音陡然变得万分凄凉悖痛,随后低声一叹,"他不见我,就别想找到他们,嘻嘻！"话音刚落,头顶上方的张小翠便嬉笑着跑向丛林深处。洞口的那些魔卒想也没想便连忙跟了上去,自家少主一向赏罚分明,如果真能通过她抓到那两个小孩,自己就可以不用在魔界当一个任人差遣的小卒啦！

等他们跑远,两个人才长舒一口气,白灵珠有些紧张:"她会不会有危险？"

林啸风没有回答,只是拉着白灵珠的手小心翼翼地往外走,可以看出那些成群结队的魔卒都是有自己的搜查区域的,对于已经搜查过的山洞他们会放松戒备。

林啸风选了一个比较靠前,且内部宽阔的山洞带着白灵珠躲了进去,张小翠的突然出现给他们带来了一线生机,那个青花包袱想必也是她送来的,她一向痴傻,不谙世事,她不理解村民们的躲藏,自顾自地在仙桃山漫无目地转悠,无意间发现了他们的处境决意帮助,这是林啸风能想到的唯一合理的理由。

"这次真是多亏了小翠姑娘,以后一定要好好答谢她才是。"林啸风望着洞口感激地说。

"张小翠原本不叫小翠的,她本名叫张璀,因为摔伤了脑子,大家才改口叫她小翠了。"白灵珠一边在洞里转悠着一边跟他

解释道。

  林啸风没有过多纠结张小翠名字的问题,而是在想他们还能躲多久。刑天厄一时半会儿根本没有放弃的意思,颇有一种不捉到潋川仙子不罢休的劲头,难道他们就要一直待在这里坐以待毙吗?

  与外界隔绝的滋味真是太难受了,林啸风最终还是决定孤身出去探一探刑天厄的进度。这天晚上,他趁白灵珠还未睡醒之际,借着夜色穿梭在仙桃山茂密的山林之中。

  原本高耸的石丘如今已被夷为平地,那处流光的水潭已经完全暴露了出来,但潭水一点儿也没有减少。

  一只秃鹫自他头顶飞过,与他对视片刻后发出一声无比尖锐的尖叫,随后漫山遍野的火把接连亮起,将仙桃山照得如同白昼。

  "你总算出来了,我可是等了你好久呢。"明亮的火光中,刑天厄悠然现身,面带笑容,似乎迎来了一个许久未见的老朋友。

  林啸风立即抽出木剑做出了防御的姿态:"刑天厄,早就知道你没安好心。"

  "年纪轻轻智勇双全,我很欣赏你,要不要跟我去魔界发展?"刑天厄打量着火光中临危不乱的少年,颇有欣赏之意,怎么他就没有这样一个得力的属下呢?

  "做梦!"林啸风冷冷地吐出这两个字,然后径直朝刑天厄发动了攻势,跟那些魔卒比起来,他体型较小轻便灵活,在人群中以极快的速度穿梭,几乎眨眼间便来到了刑天厄的面前。

  "儿戏。"刑天厄忍俊不禁,不慌不忙地站在原地,眯着眼看着林啸风的身影越来越近,微微一晃身便站到了十丈开外的地方。

  林啸风扑了个空后不禁大惊失色,刑天厄的实力果然高得超乎他的想象。他很快回过神来掉转方向,但几次下来,除了自己有些气喘吁吁外,刑天厄始终站在十丈外的地方波澜不惊地看着他,那

弯起的嘴角是对他最大的嘲笑,林啸风除了在内心恼火之外竟然别无他法。

刑天厄并没有伤害他的意思,他纯粹就是玩心大起,想看看这个小道士究竟有多大能耐,不知为什么,林啸风总是给他一种很亲切的感觉。

"功夫不错,接下来,让本魔君来陪你玩玩。"刑天厄慢条斯理地挽起袖子,准备上前同他过两招,不过,跟这么个小孩子打实在有失他大魔王的水准,嗯,就出三招好了!

正当刑天厄准备出手时,一名魔卒忽然急匆匆地跑了过来,附在他的耳边神秘兮兮地不知说了什么,令刑天厄不满地皱起了眉头。

"怎么偏偏在这个时候……"

他看了一眼林啸风,将挽好的袖子又放了下来:"也好,将这么可爱的两个娃子直接打死我还真有点儿舍不得。"他歪着脑袋想了一会儿,邪肆一笑,"何况,比我更愿意对付他们的人多得是。"

林啸风还在细想刑天厄刚刚说的话是什么意思,天空中一方乌云越聚越浓。一阵黑风袭过,艳阳升起,天空恢复湛蓝,而刑天厄和那数量庞大的魔卒已经消失得无影无踪,就好像从来没有出现过一样。

林啸风回到山洞的时候,白灵珠刚刚醒来,她揉了揉眼睛看着一脸狼狈的林啸风十分不解:"咦?你去哪里了?"

"刑天厄走了。"林啸风道。

"啊?是被你打跑了吗?"白灵珠一脸崇拜地跑到林啸风的面前,一双星星眼都泛起了桃心。

"不是……"林啸风被白灵珠看得脸有些发烫,转身走到洞口看着那初升的太阳,"他似乎有什么要事去做,临走时说了很多奇怪的话。"

"什么奇怪的话?"白灵珠眨眨眼。

"他说比他更愿意对付我们的人很多。"林啸风微微蹙眉,始终也想不出这话的含义。

白灵珠托着脑袋想了一会儿,而后一拍脑袋站了起来,开心道:"总之他走了是件好事,我们还是先回村子里吧,不知道小翠姐姐怎么样了。"

林啸风有些惊讶,他原本以为白灵珠只会惦记着村里的美食呢,现在有些为自己的想法感到惭愧了。

刑天厄走了,仙桃村的村民惊魂未定地走出家门沐浴着久违的阳光,好在刑天厄并没有伤害大家,所有人都安然无恙,只是突然见到这么多魔卒,多多少少还是受到了些惊吓。

白灵珠在众人间寻找着张小翠的身影,却怎么也找不到她。

"村长,小翠姐姐呢?"白灵珠跑到村长面前问。

村长家里人丁兴旺,张小翠年纪最小又摔成了傻子,自然不招人待见。村长左右环视了一圈,不以为意地说:"昨天出去就没再见到了,这死丫头不知又跑哪里疯去了。"

"啊?"白灵珠低呼一声,咬着嘴唇一脸担忧,该不会被刑天厄抓走了吧?

林啸风仿佛看出了她的担忧,轻轻拍了拍她的肩膀摇了摇头,刑天厄走得匆忙,他并没有看见那些魔卒中有张小翠的身影,何况刑天厄避她还来不及,把她抓走又有什么用呢?

这时，两个人同时睁大了眼睛，一个不好的预感瞬间浮现在脑中，白灵珠的脸一下子变得惨白，刑天厄应该不会那么丧心病狂吧？

因为十分担心张小翠的安全，林啸风和白灵珠回到流光水潭，那里已经被刑天厄的人凿得混乱不堪。

"潋川仙子！你在里面吗？"白灵珠将手做成喇叭状对着潭水喊道，但除了一圈圈泛起的波纹，他们没有得到任何来自内部的回应。

"你说，潋川仙子会不会出门游玩去了，现在不在家？"白灵珠问。

"不排除这个可能。"林啸风道，汜水上神说过，潋川仙子曾陪玉霁上人一起去南海游玩，如今季节正好，谁晓得仙子会不会另觅仙境独自前往？

为了清理被凿得乱七八糟的水潭，两个人花了一天的时间用石块在水潭边堆了一个简易的石墙，又将周边的枯枝碎叶好好打扫了一番，希望能给潋川仙子留下一个好印象。

刑天厄的离开让林啸风得以睡一个不再担惊受怕的好觉，他不确定他是否还会回来，所以他们一定要抓紧时间探索流光水潭的秘密。

第二天清晨，林啸风睁开双眼的时候感觉格外神清气爽，白灵珠不在，他便自己下了山。村民们认识到了刑天厄图谋不轨的真面目，对林啸风或多或少抱有一些愧疚之情，他一走进村子，便有村民主动招呼他吃早饭。

林啸风道了声"多谢"，正要抬脚踏入院中，忽然，里屋的门帘被掀开，一个身形瘦高、一脸阴霾的中年男人正持着刀站在屋内冷冷地看着他。

  林啸风一怔,四处环顾了一下,才惊异地发现,不知什么时候,家家户户都住上了几位满身江湖气息的武林人士。

  "道长……"一声低唤将他从沉思中叫醒,白灵珠正小心翼翼地躲在不远处的桃树后冲他招手,粉色的衣裙几乎和桃花融为一体,若不是那头乌黑柔软的头发和白皙的面庞,他第一时间还真没找到她。

  "这些江湖人士是昨晚忽然大规模住进仙桃村的,看上去好危险呢!"白灵珠一脸警惕地望着村子的方向,"会不会跟水潭有关?"

  林啸风想起那天刑天厄走之前说的话,总觉得有些古怪:"他们有说什么吗?"

  "有,村长说他们都是来找东西的。"白灵珠想了想说。

  "找东西?"林啸风一下子愣住了,这么看来,把它跟流光水潭联想到一处好像并没有什么问题。

  正在这时,一道尖锐的目光穿透花丛看向了窃窃私语的两个人,那是一名身材高大壮硕、脸上长满络腮胡的男子,他背着一柄巨斧,眯眼看了两个人一会儿,眼神陡然变得凶狠,以极快的速度拔出巨斧对准了二人。

  林啸风和白灵珠被这突如其来的杀意吓了一跳,随后听到一阵拍打翅膀的声音自头顶上方传来:"愣着干吗?还不赶紧跑啊!"

  白灵珠抬起头,一脸惊喜:"喜喜!你怎么回来了?"

  "来不及解释了,快跟我走!"

  喜喜在半空中扑棱着翅膀往密林的方向飞去,林啸风和白灵珠紧跟其后,看得出喜喜十分紧张,一路上不停地回望,而住在村中的那些江湖人士也不知听到了什么,纷纷手持武器朝二人的方向追了上来。

喜喜将林啸风和白灵珠引到一处隐蔽的峭崖下藏了起来，头顶上方传来阵阵杂乱的脚步声，泥土簌簌往下掉，砸在不明所以的两个人的脸上。

"这到底是怎么回事，他们为什么要追我们？"等人群走远，白灵珠才惊愕地出声。

喜喜白了她一眼："为什么追赶你，自己心里没点儿数吗？盘龙玉佩是不是在你身上？"

"什么？"白灵珠和林啸风异口同声地惊呼出声。

难道是皇上微服出巡时不慎丢失的那块盘龙玉佩？

白灵珠刚想否定这个荒诞的想法，忽然好像想起了什么，摸索片刻后将刑天厄送她的那块玉牌掏了出来，不确定地说："不会是这玩意儿吧？"

"啊啊啊！果然在你身上！前阵子永安城有人大规模散布消息说盘龙玉佩在仙桃山一个粉衣裳的小女孩身上，我一听就知道是你，怕你有危险，就赶快回来啦！"喜喜急得站在树枝上直跳脚，"你到底是怎么得到盘龙玉佩的？"

"此事……说来话长……唉。"白灵珠幽幽地看了林啸风一眼。

林啸风总算明白了刑天厄那句话的含义，确实，如今想替他对付他们的大有人在，一纸辰龙书，荣华富贵唾手可得，无论对谁都是一种巨大的诱惑。

如今那些近乎癫狂的江湖人士只是寻找白灵珠，并没有伤害到村民，然而一旦在村子里停留过久，谁也不能保证他们会不会做出伤害村民的事来，一想到那些可能发生的隐患，白灵珠头都要大了。

"都怪我，糊里糊涂就把它收下了。"白灵珠拿着那块玉牌十

分懊恼,"谁能想到这么破的玉牌会是盘龙玉佩啊,皇家的东西不都很精致的吗?"

"这盘龙玉佩可是别有意义的。"喜喜在永安城逗留多日,在交朋友的同时也听到一些深宫趣闻,它跳到不远处的枝头开始娓娓道来。

原来,这块玉牌是大贤的三公主赵沐晴七岁时亲自选料雕刻送给皇上的生辰礼物,当年赵沐晴的母妃静妃重疾缠身,危在旦夕,需要天下间极为珍稀的千叶紫莲来救治。皇宫里正好珍藏着这样一株千叶紫莲,但皇上因为听了紫莲炼丹可以长生不老的言论而心绪动摇,拖延了医治静妃的良机,导致静妃病逝。

母妃逝世,父皇又日理万机终日繁忙,赵沐晴自小便在孤单中长大,大贤十二位公主中,皇上唯独对她最为愧疚,所以总是想方设法地补偿她。赵沐晴七岁前并不知晓母妃的病逝内情,那枚做工粗陋的盘龙玉佩令皇上感动不已,多年来一直随身佩戴从未离身。

喜喜讲完后,白灵珠和林啸风久久都没有出声,他们想起了那天在湖边穿着鹅黄薄衫、浅笑嫣然、温柔动人的女子,即使生在皇宫里,一生荣华富贵,衣食无忧,她仍然有着凄婉孤寂的童年。

"我们应该把这块玉佩还给皇上。"白灵珠抹了抹眼睛,抬头一脸坚定道。

"我不建议这么做。"林啸风靠着崖壁面色凝重。

白灵珠有些生气,压低了声音说:"这块玉佩对皇上很重要,你怎么能这么无情?"

"正因为对他很重要,才不能轻易还给他。"林啸风一脸认真,抬头凝神判断着那些江湖人的位置,"他当年那么对静妃,现在权当是给他的一点儿惩罚,不要等失去了才后悔莫及。"

白灵珠不说话了,她忽然觉得林啸风说的也有几分道理,想到

皇上对静妃见死不救,她心里还真升起一股无名火呢!

"别再纠结玉佩啦,当务之急是赶快离开这个地方!"喜喜在枝头上蹦来蹦去焦急道。

"现在出去恐怕会很困难。"林啸风指了指上方,来来往往的脚步声和兵器擦过树梢的声音几乎一刻也没有停歇过。

解铃还须系铃人,既然祸端是白灵珠引起的,她觉得自己有必要在最短的时间内想出一个解决方法,最起码不能拖累林啸风和仙桃山的村民啊!她捧着脑袋苦思冥想了一会儿,忽然生出一条妙计。

"既然他们只求盘龙玉佩,那如果盘龙玉佩不在我这里了,他们岂不是就走了?"

林啸风看着白灵珠,眼里生出一抹夸赞之意,这猪脑子有时候还挺好使的。

"喜喜!"白灵珠将喜喜唤下来,任凭它百般抗拒,仍然把那块盘龙玉佩挂到它的脖子上。

喜喜艰难地扑棱着翅膀叫苦连天:"白灵珠你干吗?"

"你去引开他们,然后再回来和我们会合!"白灵珠顺了顺喜喜的羽毛,然后将它往空中一丢,"去吧喜喜,你可以的!"

喜喜哭丧着脸回头看了她一眼,义无反顾地飞向了远处。

"不得了啦!玉佩被喜鹊叼走啦!"下一刻,白灵珠便一脸焦急地从崖下蹿出,装模作样地朝喜喜飞走的方向飞奔,那逼真慌张的模样,连林啸风都快要相信了。

白灵珠这一嗓子成功将所有人的注意力都吸引了过来,众人纷纷注意到了那只越飞越远的喜鹊,它脖子上挂着的玉佩的确和新出的告示上画的一模一样。

"果真是盘龙玉佩!兄弟们,抓住那只鸟,我们就发财了!"

一声令下后,众人趋之若鹜,无数人从村庄中涌了出来,跟着那只喜鹊狂奔出村,他们的眼中满是贪婪渴求之色,一点儿也没有注意到只追了一会儿便佯装体力不支停下脚步的白灵珠。

"它自己带着玉佩跑那么远,真的没问题吗?"林啸风走到她的身边一脸担忧地看着远方天空中那个越来越小的身影。

"没问题的,喜喜可不是普通的喜鹊。"白灵珠冲林啸风得意地眨了眨眼,"它可是本仙女的好伙伴。"

"也是我的好伙伴。"林啸风想了想,也添了一句。

既然那些江湖狂徒已经被引走了,是时候专心研究流光水潭了。

萌萌小剧场

即使事情已经过去了很久，仙桃村的村民仍记得当年被盘龙玉佩所支配的恐惧。

不知道从哪里传来消息，能实现任何愿望的盘龙玉佩出现在仙桃村，于是，大批江湖人士朝仙桃山奔涌而来，每个人都做着称霸武林的美梦。

与此同时，在没人见过盘龙玉佩真身的情况下，江湖上也出现了许多仿品。

"兄弟，要盘龙玉佩不？我这个是真的，只要三两银子。"

"哼，你这个是假的。"另一名大汉不屑地从怀中掏出一枚纯白色玉牌，"真的在我这儿，这是我花了十两银子买来的！"

"开玩笑，我这个才是皇上丢的那块，如假包换！"又一位瘦弱剑客举着一枚黑色玉牌走来，"你们看看，上面还刻着盘龙玉佩四个字！"

"不得了啦！真的盘龙玉佩被只鸟叼走啦！兄弟们快去追啊！"不远处，一络腮胡壮汉挥舞着手臂喊道。

"什么！"众人异口同声地惊呼，刹那间五颜六色的玉佩被抛到空中，随后落到草地上。

络腮胡大汉慢条斯理地拿出麻袋将它们一一拾起，随后哼着歌，背着一麻袋战利品走远。

不久后，永安城的角落出现一个小摊，摊上摆满了各种各样的玉佩，让人眼花缭乱。

"瞧一瞧看一看！高仿盘龙玉佩三两银一个，五两银两个，反正

真的咱们也无缘得到，不如买个假的做纪念咯！"

城中百姓蜂拥而上，小山高的玉佩被一抢而空，络腮胡壮汉用卖玉佩得来的钱买了地，娶了老婆，一年后抱上了属于自己的大胖小子。

他不知道当年那块盘龙玉佩的真实去向，但他总觉得已经得到它了。

江湖人士的离开使仙桃村恢复了短暂的平静,似乎除了张小翠的失踪外没有任何变化。白灵珠对此很愧疚,跟林啸风暗暗约定,无论生死,一定要找到神秘失踪的小翠姐姐。

"现在刑天厄走了,盘龙玉佩也没了,我们该怎么办?"白灵珠用手掬起一捧清流,任凭它们从指缝间流走,神情倒是不怎么哀伤。反正在她的地盘上,风吹不着雨淋不着,还有村民投喂美食,就算找个千八百年的也不怕呀。

"这水潭奇特得很,刑天厄命人大力开凿数日,也不见潭水减少,既然无法让潋川仙子主动现身,我们何不下去找她?"林啸风沉思片刻说。

白灵珠看着那水井大小的水潭狐疑地看了林啸风一眼,若说这是个只到她胸部的水潭子,她大可以将它当作澡堂直接跳进去玩个痛快,可这水潭深不见底,且不知内部景象如何,蓦然跳下去岂不是十分危险?恐怕还没见到潋川仙子,她先变成一只死猪了。

片刻后,林啸风又纠结地摇了摇头:"也不行,就算憋气,也撑不过一刻钟。"

眼看跟生辰塔只有一步之遥,却始终没办法突破,白灵珠看着林啸风落魄的样子,有些感同身受,她歪着脑袋想了想,忽然灵机一动:"或许我们可以去找江童叟。"

"江童叟是谁?"林啸风一头雾水。

"是隐居在仙桃山上的一位世外高人,住在十三峰的峰顶,我不知道他在山上生活了多久,好像自从我可以幻化成人形起,他就

已经住在仙桃山了。我挖笋子吃的时候曾经看见过他在钓鱼,还会用鱼跟村民们换米,村民们说他是个厉害的老人家,天底下没有他不知道的事……"

白灵珠回忆着那个性格奇怪的老人,他一向很少露面,这么一想,似乎很多年没有见到他了,村民们的传说也不知道是真是假。而且,万一他现在已经不在了呢?

老实讲,林啸风对仙桃山并不是很了解,不过既然在白灵珠的地盘,她的话还是不可忽视的,就算有一线希望也要试一试。

"走,去找江童叟。"林啸风下定决心,便起身朝遥远的十三峰走去,他之前转得确实不够仔细,很多山峰都是远远观望了一下,见那里的水潭寥寥无几,毫无特色,便离开了,竟不知道还有这样一位睿智的老者存在。

"我们可不能就这么去啊。"白灵珠拉住了林啸风的衣袖。

林啸风回头疑惑道:"为什么?"

"笨呀,哪有空手上门拜访的?"白灵珠掩嘴偷笑,林啸风一向冷静果敢,偶尔木讷一次还挺可爱的,也许是在山上待久了的缘故,竟连这种基本的礼节都不知道。

"我这就去附近的城镇里寻摸些礼物。"林啸风恍然大悟。

"不必了。"白灵珠轻轻摇头,"若是寻常礼物,我觉江童叟可能不会看上眼。我洞里有一坛不知是什么人埋下的桃花酿,千百年来从未拆封,就帮你做个人情吧!"

"既然如此,啸风子多谢灵珠姑娘。"

就这样,白灵珠背着手走在前方,林啸风抱着一个圆盘大小的酒坛子艰难地跟在后面。这坛桃花酿的确是极品,两个人走了多远,桃花香就飘出多远,醉了一路美景。

"我们就这样把酒取走真的好吗?万一它的主人回来取呢?"

林啸风气喘吁吁道。

白灵珠头也不回地走在前面,语气格外地泰然自若:"这都上千年了,主人怕是早就死了,如今那山洞已是我的地盘,里面的一切自然都属于我。"

"……"

这小猪真是够霸道,林啸风哑口无言,却也觉得她说的似乎有些道理。

十三峰是仙桃山所有山峰中最为神秘的一座山峰,凡是生长在十三峰上的植物都异常高大茂盛,就连灌木丛中的阔叶都有手掌那么大。

放眼望去,十三峰一派生机盎然,这也是林啸风没有细搜的原因,站在远处一眼望去,根本就看不见任何水潭的影子,如今第一次爬上这座山峰,才发现有一条清冽的小溪如一条灵蛇般蜿蜒在山峰之上。

"没想到十三峰上竟然长着这么多笋子。"白灵珠一边拨开肥大的草叶,一边擦着口水感叹,"看来我以后不能只在主峰上待着了,这么多好吃的不能被我吃掉简直是浪费!"

林啸风满头黑线地看着偏离原路越来越远的白灵珠,忍无可忍地将她抓了回来。

在太阳落山之前,他们终于登上了顶峰,却也几乎耗尽了所有力气。

两个人瘫坐在地上,气喘吁吁,林啸风将酒坛子放在一旁活动着胳膊,顺便打量着不远处那座简易的木屋,看上去似乎很久没有人居住了。篱笆围起的小院内种着一些青苗,石桌下方结满了蜘蛛网,不远处的小溪欢快地流淌着,明明是很祥和的景象,林啸风却

觉得哪里不对劲儿。

"咱们已经在十三峰的峰顶了,这小溪的源头到底在哪里?"

白灵珠被这样一问,也怔住了:"难道是来自天上?不可能啊,已经很久没有下雨了。"她起身走到木屋外朝里看了看,"江伯伯你在里头吗?"

屋内无人回应,两个人也不敢贸然闯入,生怕会在屋内看到一具阴森的白骨。

"这里看上去已经很久没有人住了。"白灵珠忐忑地看了林啸风一眼,来这里求助江童叟是她的提议,虽然林啸风没有生气,她还是因让他白跑一趟感到愧疚。

见林啸风正专心致志地研究那条小溪,白灵珠走上前将坛子抱起道:"要不我们回去吧?这次坛子我来抱。"

"走可以,把酒坛留下!"

一道沙哑的声音忽然从木屋旁那株高耸茂密的大树上传来,将林啸风和白灵珠吓了一跳。两个人回头定睛细看,才发现树杈上竟然斜躺着一名衣衫褴褛的白胡子老者,那老者见自己被发现也不躲避,大方地自树上跳下来站到了二人面前。

"灵珠,怎么今天有空来看我这个老头子了?"江童叟率先跟白灵珠打了招呼,眼睛却始终盯着她怀中的那坛酒,至于林啸风,直接被无视了。

白灵珠见江童叟意外出现,连忙迎了上去:"灵珠忽然想起很长时间没来看您了,特来拜访!"

"灵珠丫头,你是不是又在打什么坏主意?"看得出江童叟很疼爱白灵珠,虽然语气里带着些嗔怒,脸上却是止不住的笑意。

白灵珠为难地看了林啸风一眼,经过上次的刑天厄事件后,她再也不敢随便吐露出两个人的任务了。

林啸风缓步上前行礼:"晚辈林啸风有要事需禀告潋川仙子,听闻前辈见多识广,特来向前辈请教。"

江童叟似乎对他的言简意赅很满意,捋了捋胡子若有所思道:"潋川仙子……想来前不久魔军大规模搜山也与此有关吧?"

"他们都是坏人!我们正要去找潋川仙子说这件事呢,否则整个人间都会有危险!"白灵珠生怕江童叟将他们与刑天厄混为一谈,急忙辩解道。

林啸风看着笑而不语的江童叟,总觉得他并不是一般隐居山林的老者,他并没有逼问他寻找潋川仙子所为何事,也对魔军的搜山行为反应平静,似乎知道些什么。

"潋川仙子掌管天下江河湖海,住在流光潭最深处的流光堂,想要见到她,你们需要费点儿功夫,还需要去找一样宝贝。"江童叟道。

"什么宝贝?"两个人异口同声地问。

"距仙桃山十里外有一座临湖的村落名为'碧波村',传闻上百年前,那里的村民曾救助过一位落难河神,河神为表感激之情留下避水神珠一颗,只要拿着它下水,水就会自动避开三丈。"江童叟望着远方茫茫的仙桃山思索了一会儿,"不过碧波村的村民性格古怪得很,你二人若是要去的话要多加小心。"

"多谢前辈!"

"谢谢伯伯!"

得到了江童叟的指点,又少了酒坛的重量,返程的途中,两个人的脚步都十分轻快。

碧波村离仙桃山很远,两个人要回去准备足够的干粮和水尽快出发,白灵珠压根没把碧波村放在眼里,她都降得了仙桃村,还会怕了碧波村不成?

"碧波村，碧波村……听上去是个很美的名字呢！"白灵珠背着轻便的包袱蹦蹦跳跳地走在山路上，一会儿摘朵野花轻嗅，一会儿追赶好奇露头的白兔，欢快得就像一只粉蝴蝶。待白兔跑远后，她回眸俏皮一笑："不过比起仙桃村来还是要逊色一些。"

走了半个月后，两个人已经出了仙桃山，站在树丛中，远远看见一个湛蓝清冽的湖泊，如同一枚蓝色的宝石，镶嵌在平原中。等他们走近，才发现这个湖泊很大，站在湖边几乎一眼望不到对岸，几艘渔船树叶一般漂在湖面上，能隐隐看到有村民正在往湖里撒网，应该就是碧波村的村民了。

"这湖好漂亮。"白灵珠蹲在湖边感叹不已，如此清冽的湖水，竟然深得一眼望不见底。一条条巨大的黑影自渔船下方缓缓游过，并无伤人之意，那些渔民对此也见怪不怪。如此和谐的场景令林啸风和白灵珠二人惊叹不已。

两个人背着包袱，一看便是远道而来的外乡人，他们不过驻足了片刻，便有村民上前询问，三名打着锄头扎着头巾的男子打量了两个人一会儿开口问："你们是什么人？从哪里来的？"

"好凶啊。"白灵珠吐了吐舌头，悄悄往后站了站。林啸风也对这三个人警觉无礼的态度感到不爽，但语气仍然保持客气："我们听说贵村有一宝物名为避水神珠，特前来相借。"

那三个人一听避水神珠，脸色瞬间阴沉了下来："这里没有什么避水神珠，你们还是赶快离开吧！"

林啸风并不是因畏惧而不敢动手，而是实在不想在一无所获的情况下得罪碧波村的村民，他思忖片刻，并没有较真，而是礼貌抱拳："打扰了。"

白灵珠见林啸风掉头,也匆忙跟了上去,那三名村民看他们走远后窃窃私语了一会儿,便朝水田里走去。

"会不会是江童叟记错了?也许避水神珠根本就不在这里。"白灵珠想到刚才那三个村民无礼的态度有些匪夷所思。

林啸风摇了摇头:"如果避水神珠不在这里,他们没必要驱赶我们,我看那三名男子身体强壮,虎口多茧,应该也是与常年习武有关,他们这么做一定是另有隐情。"

白灵珠听得一头雾水:"那我们要回去吗?"

"先观察观察。"

夜幕降临后,两个人趁着夜色偷偷潜入了村庄,此刻家家户户都已关门闭窗。透过映出窗子的烛光,可以看到各种各样的身影,林啸风猫着腰敏捷地从窗下走过,白灵珠紧随其后。一连听了几家墙脚都没有得到什么有用的情报,有的人家婴儿啼哭不止,有的人家欢声笑语不断,还有的人家夫妻俩居然在吵架。

林啸风表示,算了,还是先溜了吧。

"今天那俩孩子怎么看怎么古怪,幸亏打发走了,只是不知道避水神珠与他们有何干系。"

那男子刻意压低了声音,然而天生粗犷的音线还是透过纸窗传了出来,林啸风当即回过身来蹲在墙脚,白灵珠一紧张不小心踢到了墙角的一片碎瓦,当即发出一阵清脆的声响。

"什么人在外面?"屋内人警觉了一下,隐约有出门查看的趋势。

"喵呜。"林啸风急中生智,张口就是一声猫叫。

"一只猫罢了,不用理会。"一名老者用苍老的声音道。

白灵珠暗暗朝林啸风竖了个大拇指,自己却转过脸偷偷笑了,林啸风刚刚那一声也未免太可爱了吧,很难相信一向沉默又冷酷的

啸风子学猫叫竟然这样出色。

"爹,昨天望月峰的人是不是又来村子里找事了?"

"他们垂涎避水神珠已不是一两日,那江邪宝太可恶,天天被他们这么骚扰,乡亲们也是苦不堪言。"随之传来一声沉重的叹息。

"避水神珠是河神留给村子的宝贝,绝不能让那些可恶的山贼抢了去!"青年男子义愤填膺,狠狠将拳头砸到了桌子上。

"成儿早些去睡吧,明日记得跟你大哥他们早做准备,明天他们还会再来的。"

年轻男子答应了一声,片刻后走出了房门。白灵珠和林啸风蹲在屋子的拐角,看着他渐渐远去的背影终于松了口气。

"道长,江邪宝是谁呀?"白灵珠轻轻拉了拉林啸风的衣角问。

"应该是山贼的头目。"林啸风道,"照刚刚的谈话来看,他们同样想得到避水神珠,多次进村骚扰未果。"

"难怪江童叟让咱们多加小心。"白灵珠若有所悟,"我还没见过山贼呢,他们是什么样子的呢?"

林啸风打了个哈欠,长途跋涉之下觉得有些困顿,左右寻望一番,在田里寻到一处方便农人劳作歇息而搭建的简易茅草屋,便抬脚走了过去:"明天你就知道了。"

茅屋里有张小床,林啸风在墙角铺了些稻草和衣睡去,白灵珠侧躺在小床上,抱着对山贼的幻想也逐渐进入了梦乡。

两个人是被嘈杂的争论声吵醒的,白灵珠睡眼惺忪地坐起来时,林啸风正站在开了一道缝的门前往外看,通过他头发上的草屑,不难判断他也是刚醒不久。

此刻天还未亮,远方的天空泛着鱼肚白,准备迎接第一缕阳

光。湖边已经聚集了不少人，碧波村的村民无论男女老幼都握着锄头和断斧，一脸愤怒地望着茅屋这边的方向。

他们自然不是发现了林啸风，而是在看聚集在茅屋前的人。

站在林啸风的角度，只能透过门缝看到一群衣着随意、身材健壮的青年男子的背影，他们或持刀，或赤手空拳，或站或蹲，正与村民嬉笑怒骂着，看他们的言行举止，想必就是望月峰上的那伙山贼了。

站在最前方的年轻男子背影挺拔瘦削，穿着一身轻便修身的黑色短打，宽背窄腰，头发随意扎起，正将一柄系着五彩刀穗的六环大刀扛在肩膀上，声音戏谑而明朗："老陈头，拿不出避水神珠，就拿出点儿别的东西来，咱们望月峰的兄弟最不喜欢无功而返了。"

"江邪宝，你不要欺人太甚！避水神珠是绝对不会交给你的，你若是再强取豪夺，休怪我碧波村的村民对你不客气！"一名颤颤巍巍的老者气愤道，听声音，林啸风认出他便是昨晚在窗子里说话的老者。

黑衣头领挠了挠头，重重叹了口气："你们这群老顽固，湖底下明明有宝贝却不敢去拿，我要去拿你们还不让，要不咱们不五五分了，四六怎么样，我四你们六……"

"做梦！"

"既然这样，就别怪我们不客气了。"黑衣头领的声音陡然冷厉下来，轻轻一挥手，身边十几名年轻的手下便纷纷抽出各自佩戴的武器，凶神恶煞地朝村民走去，碧波村的村民则持着锄头连连后退。

"你们……你们……哎哟！"山贼越走越近，站在最前面的老陈头很快被一个山贼用刀柄重重打了腹部，当下吃痛地倒地。

"爹！我跟你们拼了！"一名年轻的村民眼眶发红，双手举着锄头便朝黑衣首领冲了过去。黑衣首领单手抽出彩穗环刀挡住锄头，继而飞起一脚将那个年轻的村民踹倒在地，其余村民见状更是不敢上前。

"你们给我住手！"在林啸风还未反应过来之际，白灵珠已经气愤地推门而出了，也许是从小在村庄里长大的缘故，虽然昨天那三个人态度不善，但与生俱来的正义感还是促使她站了出来。

林啸风站在门后无言地扶了扶额头，他知道她可能又把自己代入碧波湖的湖神了。

白灵珠这一嗓子成功将所有人的视线都吸引了过来，包括那伙山贼，这也使得林啸风看清了那个头领的脸。望月峰的头领江邪宝十分年轻，二十多岁的年纪，长得十分俊俏，此刻皱着眉打量着突然冒出来的可爱小姑娘沉默不语。

"你们这群强盗，怎么可以欺负手无寸铁的村民呢？"白灵珠见到江邪宝怔了怔，在她的想象中，山贼应该是凶神恶煞的才对，忽然看到这样一张标致无害的脸，竟然有些底气不足。

江邪宝迟疑了一会儿，抬手摸着下巴做思考状："锄头不算铁吗？"

"呃……也算吧。"白灵珠红了红脸，再次勃然大怒，"我不是跟你讨论这个问题的！不许你欺负村民！"

江邪宝瞬间对白灵珠来了兴趣，重新将刀扛到肩上，一步一步走到白灵珠的面前，见她肤嫩如脂，脸庞红粉可爱，忍不住抬手想要摸摸她的脸："小姑娘，你是什么人？"

话音未落，只见一个白花花的不明物体从茅屋中飞快蹿出，不偏不倚地打到了他的手上，低头一看，竟是一个白花花的馒头。

"你不用在意她是什么人，她让你别欺负村民，你乖乖离开就

是。"林啸风自茅屋中缓缓走出,双眸冷清似水。

二人的泰然无畏使江邪宝心生疑惑,一时间竟真被唬住不敢出手,虽然刚刚只是扔出了一个馒头,但他凭力道察觉出了少年功力的深不可测,加上这么一个小女孩,他无论如何也想不出这两个人来碧波村到底要干吗。

三

"你们明明也是冲避水神珠来的,就别装好心了,快快离开吧。"青年村民搀扶起受伤的老陈头退到一旁,看得出他此言是出自一番好心,害怕这两个原本与此事不相干的孩子惹怒了山贼吃苦头。

江邪宝听到这里眼珠一转:"哦?你们也是来找避水神珠的?那咱们便是对手了,要公平竞争才好。"

公平竞争?

白灵珠跟村民们俱是一怔,这嚣张跋扈的江邪宝态度怎么转变得这么快?林啸风不过是朝他扔了个馒头,居然就能把他吓得说出公平竞争这种话,莫不是怕了他们吗?

"没问题!我们公平竞争!"白灵珠上前一步,率先替林啸风接下了这场战斗,"你说吧,怎么个竞争法?"

"明日,由本大王来跟这位小兄弟比试三场,三局两胜,谁赢了,避水神珠便归谁,输的一方永远不得踏进这碧波村,如何?"江邪宝背着手道,他虽然自恃武功高强,但面对这个有着深厚内力的少年仍有些忐忑,还是明日光明正大地跟他比上一比,先试试他的内力才好,他江邪宝能成为望月峰的老大就是因为谦虚,从不轻敌,哪怕对方是个十五六岁的少年。

"好！咱们一言为定！"白灵珠点了点头。

"我们还没同意呢！"老陈头捂着心口听着二人的对话，一口血猝不及防地喷出，竟然昏了过去，周遭村民俱是一脸黑线。

好像确实忘了询问人家的意见，毕竟避水神珠长什么样子，他们还没见过呢。

林啸风对白灵珠莫名其妙就替他接下这么一场比试感到十分无语，他知道她也是为了得到避水神珠，但在没法判断对手实力的情况下就贸然把他推出去打架，是不是也太冒险了点儿？

"不管你们谁赢，避水神珠都绝不会交给你们的！"青年村民愤愤地丢下这句话，随后背着昏倒的老陈头转身离去。

"我们可以不要避水神珠，但一定会帮你们打跑这些可恶的山贼，碧波村这么美丽的地方，怎容他们如此玷污！"白灵珠冲着村民们落寞的背影喊道，青年村民一怔，微微回了一下头，随后继续向前走去。

江邪宝面无表情地鼓了鼓掌，然后率领一众山贼转身离开。

村民们得知林啸风和白灵珠藏身的茅屋后，并没有对他们进行驱赶，于是这一晚，两个人仍是在茅屋中度过。白灵珠躺在那张小床上翻来覆去怎么也睡不着，索性下床走到林啸风的身边，见他面对着墙壁似乎睡得正香。

"我自作主张替你接下这个麻烦，还扬言不要避水神珠，你不会怪我吧？"白灵珠看着林啸风的背影自言自语，"我也不知道为什么，当时头脑一热就说出了那样的话，看到他们被欺负，就像看到仙桃村的大家被刑天厄欺负一样，忍不住就想要跳出来保护他们。"

白灵珠见林啸风始终没做出回应，只当他是睡着了，只好悻悻地爬回自己的小床。等那均匀的呼吸声响起，林啸风才缓缓地勾起

了嘴角，他始终相信万物冥冥之中皆有定数，虽然他们率先放弃了避水神珠，但此举会给行程带来怎样的变故也未可知。

　　第二日，江邪宝依言准时来到，而林啸风在休息了一晚后神清气爽。

　　碧波湖畔，杨柳依依，碧波村的村民纷纷站在不远处拢着袖子围观。望月峰的山贼们举着自制的条幅，上书"江邪宝天下无敌""望月峰必胜"，边摇边大喊着"江邪宝无敌"一类的话。

　　而林啸风这边则冷清得多，他手持木剑孤零零地与江邪宝对峙，身后只有白灵珠一个人，白灵珠不甘示弱，也将手做成喇叭状大声喊："啸风子加油！"

　　"啸风子？"江邪宝一挑眉，"难怪如此超凡脱俗，原来是位小道长。"

　　林啸风被白灵珠刚刚那一嗓子吼得微微有些失神，脸颊红了一瞬便恢复常色，随即挽了一个剑花，将木剑横示身前："出手吧。"

　　江邪宝见林啸风使木剑，索性将彩穗环刀扔到了一旁，左右看了看，拾起一把锄头，朝林啸风笑了笑："来。"

　　剑锋一转，一道白芒直直地朝江邪宝的心口刺来，林啸风身形快得如同一阵风，江邪宝握着锄头迟迟未动，只在即将被刺中之际忽然抡起锄头挡在胸前，正巧抵住木剑剑尖。

　　林啸风忽然觉得木剑抵住的仿佛是一座大山，一股纯粹而厚重的力量将他逼迫得难以站稳，在木剑裂开之前一跃向后跳出了三步。

　　江邪宝笑嘻嘻地拄着锄头，仿佛一个刚干完活的村民："啸风子，你比我想象中要弱很多。"

听到这句话,林啸风的脸一下子被气得通红,他在紫竹山上苦练十余年,怎能受此侮辱?想到这里,他再次抓起木剑,以之前几倍的力量再次朝江邪宝刺去。白灵珠和碧波村的村民站在一起,均为这一剑暗暗叫好,村民们深知这场比试关乎村子以后的太平问题,所以也在心中暗自为林啸风鼓劲儿。

这一剑看似力道惊人,却只换来江邪宝一个赞赏的眼神。他手腕陡然翻转,先以锄柄抵挡住木剑的攻击,随后飞快地撤出锄头,以迅雷不及掩耳之势将铁锄头打到了林啸风的胸前。林啸风大概没有想到这一锄头的威力如此巨大,剧痛之下,原本强忍在嘴里的一股腥甜已经顺着嘴角缓缓流出。

"林啸风你没事吧?"白灵珠见状,连忙跑了过来,看着他吃痛的样子心疼不已。

"别过来!"林啸风厉声喝止住她,被刚才那股大力击中心口后,他现在连站起来都变得很困难,他明白了眼前的对手有多强大,但他不能示弱,更不能受伤,这样只会让白灵珠内疚自责。

"下手有些重了,不好意思。"江邪宝仍旧随意地拿着锄头在空中转圈,"那这第一场,算我赢了?"

回答他的只有村民们的窃窃私语和一众山贼的叫好声。白灵珠捂着嘴站在不远处,看着林啸风艰难地撑着木剑站起,用袖子擦了擦嘴角的鲜血,语气坚定道:"还有两场。"

"唉,真是个倔强的孩子。"江邪宝似乎被林啸风的坚毅所打动,惋惜地叹了口气,"就算赢了,你也得不到任何好处,你这是何苦呢?"

"为了保护他们。"林啸风含笑回头环视了白灵珠和碧波村的村民们,"她和他们。"

说完,他再次做出了攻击的姿势,不同的是,这一次他用左手

在空中画起了符号,所有人都一头雾水,因为指尖拂过的空气跟之前并没有什么不一样,白灵珠却凭借自己敏锐的感知能力,清晰地看到被画过的空气呈现出一种淡淡的金色,这样微妙的变化,寻常之人是无法察觉出来的。

除了白灵珠,江邪宝也微微蹙眉,不排除是对这奇异举动心生疑惑的缘故。

林啸风仿佛很疲惫,画完后脸色更显苍白,木剑自金色字符中缓缓划下,原本粗糙的桃木竟然变得锋利无比,金芒四射。

见此情景,所有人都目瞪口呆,手持金芒木剑的少年格外沉稳,聚精会神地盯着敌人,迅速出击。

跟第一场一模一样的招式,一模一样的套路,江邪宝自然是一模一样的应对方式,不同的是,这一次他的锄头被木剑轻易击破,若不是他反应极快地退后半步,恐怕此刻已跟那锄头一起一分为二了。

他左手持着锄柄,右手持铁锄头,神情有些惊愕,他逐渐明白了这个少年身上有不可估量的潜力,可武器是他自己选的,此刻如若提出换回彩穗环刀,那也太丢人了。

江邪宝无语地看着左右手的破锄头,有些懊恼自己为什么还是轻敌了。

一击初见成效,就连围观的村民也不由自主地叫起了好。之前驱赶白灵珠二人的青年也惭愧地低下了头,他们没有想到竟然有人会在不求回报的情况下,如此豁出性命地保护他们。

林啸风没有给江邪宝喘息的机会,接二连三的几招使出,竟完全不落下风,反倒是江邪宝,被逼得步步后退,那泛着金芒的木剑在阳光的照射下仿佛变成了三把、五把、十几把,让人眼花缭乱、目不暇接,加上如风的身形,肉眼根本看不出哪

把剑被握在手中。

　　看到林啸风跟之前大有不同，江邪宝也提高了警惕，握着锄头的手微微发力，一圈圈淡红气流自双手发出，覆盖了整个锄头，几乎所有人都看出了二人周遭空气的异样，不停地窃窃私语。

　　林啸风再次发动了攻击，一把散发着金芒的木剑，一支环绕着淡红气流的锄柄，这次的碰撞产生了极大的威力，两个人身边俱是掀起一股强大的气浪，使得围观人群纷纷向后退了两步。

　　江邪宝似乎没想到林啸风会瞬间变强，当即也全神贯注起来。两个人你来我往，互不相让，白灵珠站在一旁看得十分焦急，看得出他们现在的状态都不是很好，指不定哪方会撑不住先行撤离。

　　每多坚持一刻，林啸风的脸便会苍白一分，而江邪宝则是额头青筋凸起，脸色逐渐深红。这样的场景本来看着十分好笑，但若是跟碧波村的命运关联在一起，任何人都觉得没那么好笑了。

　　当林啸风再也支撑不住，被红色气流击倒在地时，江邪宝也被那金芒弹到了树上重重跌下。

　　"老大！"

　　"道长！"

　　两拨人分别冲上前去将他们扶起，此刻林啸风已经连站稳的力气都没有了，白灵珠接过村民递来的一瓢水送到他的手里："你刚才怎么突然变得那么厉害？差一点儿就打赢了呢。"

　　"血灵符，可使自身功力增加百倍。"林啸风喝了口水，脸色苍白得如同一张白纸，"只是维持它需要消耗自身鲜血。"

　　白灵珠闻言，瞪大了眼睛，很难想象刚才的林啸风是在拿自己的鲜血与江邪宝相搏。想到这里，她感到一阵后怕，若是刚才再耽搁片刻，啸风子还是现在正与她交谈的啸风子吗？

林啸风见白灵珠不说话,便知道她又在内疚,于是故作轻松地岔开了话题:"江邪宝没有修为,只凭自身蛮力达到如此境界,着实难得。"

这时,早已醒来的老陈头拄着拐杖颤颤巍巍地走到林啸风的身边:"孩子,你们还是认输吧,避水神珠是村子的宝物,就算你们赢了,我们也无以为报,你们这是何苦呢?"

林啸风抬头看了一眼江邪宝,他正被手下搀扶着坐在一块石凳上,神情哀怨地看着掉落在不远处的锄头锄柄,察觉到不善的目光,他冷厉地抬起头与林啸风对视,虽然身受重创,仍笑得若无其事。

看两个人如此模样,这一场比试算是平局无疑了,但他们现在连动弹的力气都没有,那这第三场该怎么比试呢?

"第三场我来上!"白灵珠接过木剑,脸色凝重地朝江邪宝走去。

"我们一起上!"身后传来一阵骚动,白灵珠回过头,诧异地发现不知何时,碧波村的村民纷纷拿了平时常用的工具做武器,一脸无畏地跟在她的身后。

望月峰的山贼见村民数量如此之多,不由得有些胆怯,他们从没想到一向逆来顺受、老实巴交的碧波村村民会像今天这样敢于正面跟他们对抗。他们每个人的脸上都写满了愤怒和无所畏惧,手中的寒铁对着他们,正一步一步地朝他们走来……

"你们要干吗?"江邪宝警惕地拎起彩穗环刀,被一名独眼手下搀扶起身,"第三场的规则我还没说呢……"

"你已经定了前两场的规则,现在由我来定第三场的规则,第三场的规则就是……"白灵珠将木剑指向望月峰众贼,字字清晰,"打倒你们!"

"打倒望月峰!"还没等江邪宝开口,碧波村的村民们已经举着锄头镰刀蜂拥而上,望月峰的山贼没想到他们进攻得这么快,一时间竟丢盔弃甲,纷纷逃窜。

"跑那么快干吗?你们这群不争气的东西!"江邪宝气急败坏地看着越跑越远的下属,气得直在心里骂他们白眼狼,然后用环刀当作拐杖一步一步地向前挪动,"你们倒是等等我啊!"

望月峰的山贼一下子被撵出很远,那群兴高采烈、满脸喜悦的村民回到村子时已经接近黄昏时分。林啸风休息了片刻,又吃了好心村民送来的汤食,气色也恢复了许多。

白灵珠已经收拾好了两个人的包袱,虽然没有得到避水神珠,但替碧波村的村民赶跑了山贼,她还是油然而生一股不虚此行的自豪感。

"我们走吧。"林啸风下床接过包袱,他的身体还很虚弱,白灵珠下意识地搀住他的胳膊,让他行走得不再那么吃力,林啸风没有拒绝,苍白的脸色终于有了些血气。

两个人刚推开门,就发现老陈头和一众村民正站在门外,他们神情和蔼关切,再也没有初见时的敌意。

"村长,你们回去吧,我们不用送的。"白灵珠礼貌地点头致谢。

老陈头没有说话,而是笑着从身后男子的手中接过一个破旧的湖蓝色锦盒,然后递到两个人的面前。

林啸风大概猜出了锦盒里面是什么,摇了摇头:"此物对村子异常珍贵,何况我们此前答应过不会收的,诸位的好意我们心领了。"

"小友此言差矣。"老陈头笑道,"此宝物属于村子,虽不可外传,却可以借。"

　　听村长这么说，两个人眼中均是一亮，喜悦之情溢于言表。

　　"少侠与姑娘是我们碧波村的恩人，若不是你们，我们都不知道原来只要大家意志坚定地团结起来，是可以抵抗那些山贼的。"老陈头叹了口气，用袖子擦拭了一下眼睛，恢复了平和，"经大家商议，这避水神珠借你们一月之用，一月后务必归还我们，可好？"

"老大,这湖里真的有宝藏吗?"

"嗯。"

每当夜色降临,江邪宝率领一众山贼站在碧波湖畔,神情总是格外忧伤。

思绪飘回到十年前,那时他还是个无忧无虑的美少年,他那做皮毛生意富可敌国的爹也还活着,他也还没有成为一个山贼。

当那只载着他爹和宝藏的船沉没在碧波湖三天后,他才得知这个噩耗。

"宝宝啊,你爹死了,咱家钱也都没了,娘要改嫁给隔壁王大人,你就自求多福吧,以后有能力了记得把宝藏捞上来,那都是你的。"他娘这么说。

江邪宝原来是叫江宝宝的,成为山贼后,他觉得江宝宝似乎不是很能震慑住人,便擅自改了名字,他驻守在碧波湖旁不远的望月峰上,久而久之,荣幸地成为一名山贼头领。

他知道碧波村里藏着宝物可以让他下水去找宝藏,奈何好赖话说尽,村民始终不肯交出宝物。他懊恼,他懊恨,他尝试着用武力去夺,却让两个小孩败坏了计划,还让村民们团结起来将他们打得落荒而逃。

既然做出了失败就不再踏进村子的承诺,自然要遵守,江邪宝再也没去碧波村找麻烦。

"大王——碧波村有封信送到!"

一年后的某日,江邪宝会见了碧波村的信使小陈,只见小陈脸色凝重,头裹白布,将一封书信交给了他。

  那是村长老陈头的遗嘱。

  因为无意间救了一位散修的水神,老陈头在获得避水神珠的当日便游历湖泊发现了宝藏,他知道江邪宝才是宝藏的真正主人,但面对这么多财富,他还是一时贪心大起,私吞了。

  他用这笔钱建了碧波村,由于愧疚,禁止江邪宝接近村子,对他所说的宝藏装作不知情,可能是因为那两个正义少年的缘故,老陈头在身体每况愈下之际愈发觉得愧对江邪宝,总算在弥留之际写了封信,向他阐明一切。

走在返程的路上,白灵珠欢喜得不得了,就连一向内敛的林啸风,脚步也不自觉地轻快了许多。避水神珠在包裹里几乎没什么重量,却如同一块炙铁灼烧着二人的心,让他们在回家的路上一刻也不想耽搁。

流光水潭仍然波澜不惊地泛着水光,远远看去,真如一位不问世事出尘脱俗的仙子一般伫立在仙桃山。

"咱们就这么跳下去,会不会有什么危险啊?这水潭都这么清了,仍然一眼看不到底呢。"白灵珠蹲在潭口,望着清澈的潭水有些忐忑,不安地皱起了眉头。

林啸风自包中取出锦盒缓缓打开,一颗浑圆的深蓝色珠子静静地躺在绸缎中散发着幽光。他将它托在掌心缓缓靠近潭水,只见潭水下沉了三丈左右,看来这避水神珠名不虚传,果真有避水的妙用。

由于无法应对可能出现的危险,下水前林啸风做了充分的准备,除了必备的干粮和水,还备了一柄锋利的匕首在身上以备不测。三丈的范围并不大,为了能更好地照应白灵珠,林啸风特意要求她化为原形。

白灵珠安静地伏在林啸风的臂弯中,警惕地蜷缩着四肢到处乱看,林啸风走到潭边低头轻言:"准备好了吧?我们可要下去了。"

白灵珠还没来得及哼一声,便已察觉到自身正在快速下坠,速度之快,就连两只耳朵都竖了起来。

第六章
百里有常青

脚下是层层刻意避开的潭水,头上的潭水则汇聚成一处,潭口越来越远,逐渐变成一个小点,随着二人降落得越来越深,光线也越来越暗,不过好在明珠有照明的功能,虽然只有三丈,但已大大慰藉了两颗原本不安的心。

不知下坠了多久,白灵珠乌黑的眼睛忽然亮起一道白光,如星星般闪烁着。

"下面有光!"她惊呼道。

林啸风听到呼喊低下头来,可他什么也看不见,凝神细看了好一会儿后,那白光才出现在他的眼中。

"有个房子!"亮光的范围越来越大,一间房屋的轮廓逐渐映在白灵珠的眼中,房屋越来越清晰,石壁上镶嵌的玉石和发光的夜明珠为二人照亮了路。

那建筑林啸风十分熟悉,是一座道观的外形,主殿内大门紧闭,门前两只石鹤伫立迎接着来人。

因为避水神珠在手,水流自动避开了二人,仿佛被透明的琉璃罩罩住了全身一般,林啸风环视了下周围,始终不敢贸然闯入。

"门外可是紫竹山啸风子和仙桃山的白灵珠?"门内忽然传来女子的说话声,声音婉转悦耳。

"她怎么知道是我们来了?"白灵珠抬头看着林啸风问,一双亮晶晶的眼睛眨了眨。

林啸风没有说话,同样心存疑惑,连面都没见,她竟然已经熟知了来者的身份。他放下白灵珠,朝着大门鞠了一躬:"正是,我们特来求见潋川仙子。"

门内传来一阵银铃般的轻笑声,随即屋门缓缓打开,自屋内传出的声音逐渐清晰起来:"啸风子还是这般谦逊有礼,二位请进。"

听到主人邀请,白灵珠摇身一变化为人形,紧随林啸风身后走了进去。

屋内的装饰十分清幽雅致,多以水竹为饰,清凉袭人,站在窗前的女子穿着一袭湖蓝色拖裙,束着白色腰封,头发随意绾起,斜插着一支碧绿色的竹簪,容貌靓丽清雅脱俗,一颦一笑足以艳绝天下。

白灵珠还是头一回看到如此美丽的女子,一时间竟看呆了。

"啸风子拜见潋川仙子。"林啸风正色行礼,顺带用胳膊捅了一下正处于痴傻状态的白灵珠。

"白灵珠拜见潋川仙子。"白灵珠回过神来连忙行礼。

潋川仙子掩口轻笑了下,抬袖示意二人坐下:"你们竟能拿到避水神珠来见我,不错。"

"仙子你是一直待在这里吗?你知不知道前段时间魔族来找你的事啊?"白灵珠毫不客气地坐了下来,一脸好奇看着潋川仙子道。

"灵珠,不得无礼……"林啸风轻咳了两声。

"无妨。"潋川仙子走到屋子东侧掀开一块白布,一颗巨大的琉璃球出现在两个人的眼前。

只见那琉璃球上有着细密的纹路图案,定睛一看竟是整个仙桃山的场景:上山砍柴的村民,石头上小憩的猛兽,一片片湖泊一条条溪流……仔细看的话,都能看到。

"哇,仙子你好厉害!"白灵珠惊叹万分,她实在没想到潋川仙子居然会用这种方式观察着上面发生的所有事。

白灵珠的夸赞似乎对这位美貌的仙子很是管用,她得意地撩了一把头发,丢给白灵珠一个赞赏的眼神。

林啸风看了琉璃球一会儿,抬头道:"仙子,你既然知道上面发生的事,为什么不现身阻止刑天厄?"

第八章 百里有常青

潋川仙子无奈地摇了摇头:"虽然天下间的山川湖海、潮起潮落都归我管,但没有玉帝的命令,我是万万不能私自离开这里的,而且……"她娇羞地一遮脸,"今年的假已经全部被我请来跟师兄去南海玩了。"

"……"

"恕啸风子冒昧,您的师兄,可是当年负责督造生辰塔的玉霁上人?"林啸风问。

"我知道你们的来意,你们在凡间的一举一动我都看见了,不过生辰塔的位置乃是天机,除了我师兄玉霁外,没有人知道它的具体位置,就连我也无从知晓。"潋川仙子冷不丁的一盆冷水,将二人刚刚燃起的希望之火瞬间浇灭。

"啊……"白灵珠低声叹气,不敢回头看林啸风的神情,他此刻应该更伤心吧。

林啸风沉默了一会儿,怀着最后一线希望抬头问:"那玉霁上人有没有说过什么话,或者做出奇怪的举动呢?"

"这……"

潋川仙子一脸纠结地在屋中踱步,在走了几圈后忽而眼前一亮:"那天玉霁受龙王邀请去南海喝茶,非要我陪同不可,寒暄了一会儿后,他提议要去逛龙宫的后花园,花园走廊内有十二根石柱,上面分别雕刻着十二生肖,在途经最后一个生肖柱的时候,不知道为什么,他含笑递给我一片树叶,当时只道是无心之举,如今细细想来,确有怪异。"

"树叶?"林啸风皱起了眉头,如果玉霁上人真对潋川仙子有所交代,为什么不直接明示,而是用这种隐晦的方式表达呢?

"仙子,那天受龙王邀请喝茶的还有什么人?"林啸风追问道。

"氿水上神,苏慕水。"潋川仙子道。

又是苏慕水?

联想到紫玉箫和神秘莫测消息灵通的刑天厄,这会不会也太巧合了些?林啸风在心中暗暗回想着与苏慕水和刑天厄相关的所有细节,心中更加疑惑。

"仙子,那片树叶现在何处,能否借在下一观?"林啸风问,他意识到那片树叶很有可能包含着玉雰上人想要传达的重要信息。

潋川仙子一怔,神情有些尴尬:"一片树叶而已,我当时不解其意,只当是他又想搞什么把戏,便随手扔掉了。"

"……"

听潋川仙子这样说,林啸风和白灵珠对视一眼,俱是一脸黑线,林啸风隐约理解了当时玉雰上人的心境,他有事想告诉师妹潋川,却因苏慕水在场而不便传达,那么他为什么要刻意避开苏慕水呢?

见林啸风和白灵珠表情有些不自然,潋川仙子也觉得自己这么粗心大意实在愧对仙宗,脑海中思索片刻后忽然眼前一亮,"虽然我丢掉了树叶,但我可以凭印象将它画出来!"

"那就有劳仙子了。"林啸风大概已经被之前的几次大起大落折腾惯了,听闻潋川仙子的提议并未表现出过多欣喜。不过,他在紫竹山时听师父讲过,潋川仙子在仙界修学时画技超群,据说凡是她看到过的事物均可栩栩如生地绘出。

流光水潭被水流充斥自然不利于作画,潋川仙子别出心裁,命人寻了一块小巧的薄木板,握着一把锋利的小篆刀聚精会神地开始刻画,不一会儿便将木板交给了二人。

只见木板上刻着一片正在枯萎的树叶,边缘呈现锯齿状,叶梗细长,甚至连上面的纹理都刻画得清清楚楚。

"哇，仙子不仅人长得美，画画也这么好看，真是让灵珠羡慕！"白灵珠一脸倾慕地看着潋川仙子，俨然一副见到偶像的样子。

潋川仙子听到白灵珠的夸奖甚是开心，忍不住伸手轻轻捏了捏白灵珠柔软的脸颊，声音愉悦："灵珠丫头，你怎么这么诚实可爱，我都不舍得让你走了！"

避水神珠只有一月之用，林啸风自然不会答应让白灵珠留在这里，辞别了潋川仙子，二人寻了一处水草摇曳的斜坡，走了一会儿后便看到了头顶的亮光，因为从头到尾都拿着避水神珠，直到上岸，除了那块雕着树叶的木板，两个人衣襟干燥，丝毫未湿。

经历了流光洞府一日游的白灵珠俨然心情不错，认识一位年轻貌美的女上仙的确能使人心情大好，当然这也多亏了林啸风，否则她一介小猪精，哪有这等运气？

由于一个月的时间还很充裕，林啸风决定先去碧波村还珠子，经历上次的比试后，望月峰上的山贼再也没敢来过。婉拒了村民的热情后，两个人再次踏上返程的道路，一阵风吹过，一片泛黄的树叶悠然飘落在白灵珠的肩头，林啸风伸手将它拈起，皱眉不语。

"一片树叶，玉霁上人到底想告诉仙子什么呢？"

回程的路上，白灵珠拿着那块刻着树叶的木板皱起了眉头，一会儿将它对着太阳举高，一会儿又放在树荫下看地上的投影，总想找到些蛛丝马迹来炫耀自己的聪明。

林啸风默不作声地继续走，白灵珠跟在身后举着木板走走停停："这叶子上好像有虫子眼。"

"玉霁上人可能想说,十二生肖末亥猪的生辰塔是一棵树,并且长在潋川仙子洞邸的附近。"林啸风见白灵珠抓耳挠腮的样子,终于忍不住出言解释。

"原来如此。"白灵珠一副恍然大悟的模样,"是一棵能长出这种叶子的树,在仙桃山,我的地盘!"

林啸风又好气又好笑:"是是是,你的地盘,麻烦你认一认这种叶子长在哪种树上,那种树又在哪里好不好?"

"这个……我不是正在琢磨嘛!你急什么?"白灵珠支吾了一会儿,脸色忽然腾地红了起来,对林啸风带有鄙夷色彩的语气十分不满。

林啸风笑笑不再答话。

前方便是仙桃山的三十六峰,虽说生辰塔可能在潋川仙子洞邸附近,但这附近的范围到底有多大,他无从知晓,唯一可以确定的是一定不会出仙桃山。站在山顶向下望,唯有仙桃山生机盎然云雾缭绕,可三十六山峰,草木种类如此之多,仅凭一片树叶找到它所属的树,相当于大海捞针一样困难。

"这种叶子,我还真有点儿印象。"白灵珠看着木板小声呢喃道,"这片叶子看上去很厚,边缘呈锯齿状,说明树干也粗糙得很,我小时候专挑这种树蹭痒。"

林啸风没想到白灵珠竟然真的琢磨出了些眉目,不禁有些激动,忙催促道:"那你再赶紧想想,它长在哪里。"

白灵珠皱着眉,用手指轻轻摸索着木板上的树叶抬头道:"我们可以发动村民帮我们一起找,运气好的话,兴许可以找到它在哪儿。"

"嗯。"林啸风点了点头,除此之外他也没有想到更好的办法了。

　　二人回到仙桃山，村民十分爽快地答应了白灵珠的请求，在观摩了树叶的模样后当天便组织村民上山寻找。

　　仙桃山上的树木种类多得出奇，一连几天，即使大家早出晚归，仍然一无所获。

　　黄昏之时，白灵珠打着哈欠回到村里正准备讨点儿吃的回去睡觉，忽然听到一声清脆的呼唤。

　　"灵珠！"

　　听到这道熟悉的声音，白灵珠浑身一颤，她不可思议地转过身，便看到一抹熟悉的黄衫，谢乔正背着包裹站在不远处的树林中兴奋地冲她挥手。

　　"阿乔！你们怎么来啦？"白灵珠瞬间困意全无，大步走了过去，与谢乔双手紧握，激动不已。谢淮站在谢乔身后，多日不见，他仍是一副冷酷的模样，等到再长大些，必定要迷倒一片少女。

　　"灵珠，好久不见，你瘦了好多。"谢乔甜甜地笑着，她仍是一身淡黄色衣衫，似乎比上次见面更精神了几分，随后左顾右盼了一下问，"道长呢？"

　　"他说要在山上再转转，应该很快就回来了。"白灵珠尴尬地笑笑，很快将话题引了回来，"你们怎么忽然想起来仙桃山找我？"

　　"我们……"谢乔迟疑地看了谢淮一眼，"我们听说仙桃山桃花十里犹如人间仙境，特来一赏美景。"

　　"呃……"白灵珠看了看四周，现在已是秋天，花瓣基本都快落完了，他们怎么会在这个时候来欣赏美景？

　　林啸风在见到两人时也是明显一怔，他显然不相信赏美景这样的无稽之谈，在小憩片刻后，他开口道："你们的父亲尚含冤在狱，怎么还有空跑来这里赏美景？"

他的一句话使气氛陡然冷了下来,谢乔有些尴尬,又有些委屈,神情也变得紧张起来,谢淮似乎见不得妹妹受委屈,和盘托出:"果然什么都逃不过林兄的眼睛,我们并不是来赏景的,而是来求盘龙玉佩救父亲的。"

"可玉佩并不在我们这里。"白灵珠听他这么说瞬间紧张了起来,他们大概也跟那些江湖人士一样听说了刑天厄散布的消息,她看着谢乔愧疚的神情,不由得内疚起来,"玉佩被一只鸟叼走了……"

谢淮听着白灵珠越来越低的声音缓缓勾起了嘴角,仿佛在听一个笑话,待白灵珠完全噤声才悠然开口:"初见灵珠姑娘我便有种不一样的感觉,无论你是什么身份,相信想要从你手上拿走东西,还是要费一番功夫的,如果我没猜错,盘龙玉佩应当还在你这里。"

白灵珠对谢淮的自信简直目瞪口呆,更不可思议的是他居然还隐约猜到了她不一般的身份。白灵珠不知道他还猜到了什么,难道自己并非人身也被他看穿了吗?

"这次你可猜错了。"白灵珠摇头,那日是她亲眼看着喜喜飞远的,盘龙玉佩怎么可能在她这里呢?正要跟谢淮谢乔说清楚,林啸风忽然对谢家兄妹说:"天色不早了,今日不如就请二位暂歇村中,我们明日再做商议。"

谢淮点了点头,并无异议。

等到村长为谢淮兄妹安置好了房间,白灵珠才跟着林啸风走出村子,她一脸疑惑:"玉佩明明不在咱们这里,为什么不跟他们解释清楚呢?"

"玉佩的确可能在你这里。"林啸风停下脚步微微侧身,"前阵子我们四处奔波往返碧波村,在此之前你曾对喜喜说过让它将江湖侠士引开后回来与咱们会合。"

"你是说这段时间喜喜可能回来过?"白灵珠瞪大了眼,林啸风则是默默点了点头。

事实证明林啸风的推测是正确的,二人回到白灵珠休息的山洞中仔细搜寻,果然在那乱糟糟床榻的枕头下面发现了盘龙玉佩和一支羽毛。

"这几天太累了,我一回来就倒下睡着了,竟没注意喜喜回来过。"白灵珠懊恼地拿起盘龙玉佩在手里掂了两下,"反正这玉佩于我们也无用,不如就给了阿乔他们,让他们去救父亲如何?"

林啸风并没有马上答应,他看着静静躺在白灵珠手心的那块玉佩眉头微皱:"我总觉得事情有些不对劲儿,可又想不到是哪里出了问题,你没觉得谢家兄妹有些古怪吗?"

"哪里古怪了?阿乔很好啊。"白灵珠走到山洞的角落,从筐里拿出一颗苹果递给林啸风,"我们奔波了这么久,你可能太累了,需要休息一阵子。"

也许是吧,林啸风边想着边接过苹果咬了一口,或许真如白灵珠所说,自己只是太累了需要休息一下呢。

仍然是初见时那个山洞,一块帘子将山洞隔断,林啸风睡在外间由稻草铺成的简易床板上,听着白灵珠轻微的鼾声也惬意地睡去,不承想第二天醒来时太阳已经升起很久了,帘子是掀开的,白灵珠已然不知去向。

自己竟然也有比白灵珠起得还晚的时候,林啸风苦笑着起身,走到村子里才发现白灵珠正与谢乔坐在溪边的草地上,看上去相谈甚欢,他从来没有见过白灵珠笑得这样开心。

"灵珠,我第一次见你就觉得你跟其他人不一样,没想到你竟然不是人类。"谢乔掩嘴笑道。

林啸风站在两个人身后的不远处,总觉得谢乔的反应太过平静了些,但是女孩儿家的友情他又不方便深入琢磨,只当是自己多疑。

"那天去捉蛇妖,我真的快要吓死了。"白灵珠抚着胸口,想到那天发生的事,仍然心有余悸。

林啸风并没有刻意隐藏自己的脚步声,所以她们很快便回头发现了他。

谢乔见是林啸风,开心地站起身来朝他招手:"道长,你回来了?"

林啸风无视她满脸的热情,环顾四周道:"谢淮呢?"

"哥哥说难得来到仙桃山,想看看周围的景色。"谢乔脸颊泛红,眼神也在不停地躲闪,始终不敢与林啸风对视。

林啸风见她反应异常也没有多想,而是看着远方连绵不绝的山峰,只希望能在层层云雾片片绿波中准确找到生辰塔的所在。

就在这时,一个村民打扮的男子跌跌撞撞地跑过来,神色慌张地说:"灵珠姑娘,不好了!那个紫衣服白头发的又来了!"

"紫衣服?难道是刑天厄?"白灵珠瞬间紧张了起来,慌忙看向林啸风,"我们怎么办?"

林啸风问那村民道:"他现在在哪里,带了多少人?"

"现在正在村口。"

林啸风与白灵珠对视一眼,立即起身赶往村口,谢乔一脸不明所以,却也连忙跟了过去。

村口离这里并不算太远,远远可以看到刑天厄正环抱双臂懒洋洋地靠着一棵树,他换了一身更加华丽的紫袍,一头银发异常闪

耀,正嬉笑着跟村民们打招呼,然而现在已经没有人再敢用蔑视的口吻叫他小刑了。

他终于如愿以偿地成了人人闻风丧胆的"大魔王"了。

"灵珠,他是?"谢乔扯了扯白灵珠的袖子有点儿害怕地问,她从来没有见过这种扮相的男子,好奇之下不由得多看了几眼。

"小心。"林啸风将两个女孩护在身后,警惕地瞪着刑天厄,虽然刑天厄只身前来,但经过上次的交锋后,他还是对他充满了戒备。

"小友们,多日不见,甚是想念。"刑天厄见到林啸风和白灵珠十分喜悦,似乎真的只是见到了多日未见的朋友。他笑吟吟地向前走了两步,衣袂随风飞起,"我果真是小看了你们,听说你们真的见到了激川仙子,怎么样,她是不是真的是仙界第一美人?"

"……"

"哦,好像问错了。"刑天厄郁闷地挠了挠头换上一副正经的面孔,"你们找到生辰塔了没有?"

"找没找到关你何事?你这个大魔头!"白灵珠十分气愤,一想到他忽然翻脸把自己关在山洞里就生气,幸亏林啸风留了个心眼并没有走,不然她必定是凶多吉少呢!

刑天厄对这个称呼很是受用:"嗯,叫得不错,多叫几声来听听。"

刑天厄的骤然出现无疑让整个仙桃山又陷入了紧张的氛围中,谢乔左右环顾了一下因为畏惧而躲在门内偷看的村民,一双大眼睛十分无辜。

白灵珠自然不想轻易让自己的朋友陷入这场危机里,便当即做了个决定,从怀中掏出盘龙玉佩放到了谢乔手中:"阿乔,这里很危险,你们先去救父亲吧。"

谢乔得到盘龙玉佩时明显眼中一亮,但喜悦之情稍纵即逝,谢淮转头看了她们一眼,神情稍微有些缓和。林啸风将二人的神情看在眼里,虽然觉得白灵珠这么轻易就将玉佩交出去有些不妥,但面对更危险的刑天厄,他还是无暇分神去细想。

"灵珠,那你们要小心啊。"谢乔握着白灵珠的手,神情恢复了担忧。

谢淮看了看嗤笑站在不远处的刑天厄,又转头看向正在沉思的林啸风,问:"需不需要我们留下来帮忙?"

林啸风一怔,摇了摇头:"不必了,多谢。"

"那么,告辞。"谢淮拱了拱手,拉着依依不舍的妹妹下了山。

林啸风看着二人越走越远的身影,舒了一口气,总算可以聚精会神地对付眼前这位真正棘手的人物了。

他始终想不明白刑天厄为什么只身返回仙桃山,莫非是看轻了他们?

"小友不必惊慌,我不过是想乡亲们了,回来看看有什么农活要干。"刑天厄笑笑,随手拾起一把锄头挥舞了两下,眸中闪过一丝血红,将所有村民都吓得紧紧闭上了大门。

刑天厄很明显是决定赖下来不走了,别说村民们不乐意,就算林啸风想将他赶走也没那个实力,在没搞清楚他意图之前他不想激怒他。

"灵珠,走。"林啸风淡然开口。

"去哪儿?"白灵珠愕然。

林啸风没再说话,而是转身朝山上走去,白灵珠看了眼正皱眉的刑天厄,紧随其后跟上了林啸风。

刑天厄并没有跟上来,而是一副胸有成竹的样子目视着他们远

第六章 百里有常青

去,林啸风最见不得他那副谜之自信的模样,他怕自己只要回一下头就会忍不住冲过去揍他一顿。

"我们去哪儿?"走了一会儿后白灵珠再次问道,她之所以开口,是因为林啸风走得实在太快了,她有些跟不上。

"找树。"林啸风停下脚步,看了看远方一望无际的山林,"你真的想不到任何线索了吗?"

白灵珠摇头,她只隐约记得那种树树干粗糙树叶较厚,那时她还是一只可爱的小猪精,哪里记得这么多事?只要吃好蹭好让自己舒服就好啦!

在山中寻找了几日,两个人仍旧是一无所获,刑天厄倒是终日怡然自得地在村中游荡,他的确已经得到了村民的畏惧,如今几乎每个人见了他都要绕道走,这不,白灵珠刚揉着肚子进村,就跟刑天厄打了个照面。

"哟,灵珠,早上好。"刑天厄笑着朝白灵珠挥了挥手。

"哼!"白灵珠对他的狼子野心再清楚不过,自然不想跟他有过多纠缠,走了几步后忽然想到了什么,转头声音冷厉道:"对了,你把小翠姐姐带到哪里去了?"

"张小翠?"刑天厄一怔,原本放松的神情严肃了一下,很快反应过来后收敛了笑容,"我说怎么这次回来没看见她,她不见了?"

"你少装糊涂!小翠姐姐分明就是被你的那些手下抓走的,我亲耳听到的呢!"白灵珠眼睛有些红,不过看刑天厄那副错愕的样子,似乎真的对此事并不知情,不过他那么狡猾,又来骗她也说不定。

刑天厄沉默了,他的眉头皱了一会儿随即舒展开,神情坚毅:"我这就去查。"朝村口走了两步后又恢复了那不怀好意的笑脸,

"你跟啸风子就乖乖的在这等我回来，好吗？"

走了大魔王，村子里紧张的气氛瞬间缓和了不少，白灵珠在村子里逛了一会儿后，寻了一块树荫下的石头坐下来歇息，又将那块刻着树叶的木板拿出来看。

凉风吹过，一片泛黄的枯叶落在白灵珠身边，这才让她察觉到现在已经快要深秋了。她看着那片枯叶，忽然觉得人的一生其实很短暂，朝生暮死不过弹指瞬间，例如仙桃村，他们当她是不老的山神婢女，却不知晓她已经见证过村子的几度变迁，她可以不老不死，可是林啸风呢，终有一天他也会如这片枯叶般老去凋零吗？

"灵珠姐姐，你在哭什么？"冷不丁一道儿童声音从身后传来，将白灵珠吓了一跳，她忙用手抹了把脸转身笑笑："小顺子，你怎么自己在这玩，你娘呢？"

那小男孩穿着脏兮兮的衣裳，手里拿着糖人一下一下地舔着，将目光移到了白灵珠手心的木牌上："树叶……"

"是啊，你见过它吗？"白灵珠扮了个鬼脸跟小顺子开玩笑。

"我娘说叶子厚的植物永远不会变黄，也不会枯萎。"小顺子一口咬下了糖人的头，心满意足地嚼着，"因为它们有足够的养分让自己永远存活，我觉得这种植物一定是山神最喜欢的，所以才不让它枯萎。"

"四季常青……"白灵珠听到小顺子的话眼睛忽然亮了一下，起身站在石头上直直地望着一个方向。

群山之中，大多山间林木早已开始泛黄，唯有最远处矗立的一座山峰仍然郁郁葱葱、枝繁叶茂，如同一块碧绿的翡翠安静地躺在群山中。

林啸风拖着疲惫的身躯回来时，白灵珠正站在村口冲他笑，她扬了扬手中的包袱："走，我知道它在哪儿了。"

龙宫。

龙王、玉霁上人、潋川仙子、汨水上神,四个人坐在庭院欣赏着龙女的曼妙舞姿,品着千年香茗。

"潋川,我有话要对你说。"玉霁上人放下茶杯郑重道。

龙王拍了拍手,音乐瞬间抒情,夜明珠也笼上一层粉纱,花瓣自上空缓缓落下,飘到二人的肩头。

潋川仙子被这浪漫的氛围所打动,几乎羞红了脸,她怎么也没想到师兄会选择在这样的场面跟她告白,随即轻轻点了点头。

玉霁被这气氛搞得有些尴尬,遂起身:"我们去后院说。"

"表白吗?那我也看看去,嘿嘿!"苏慕水奸笑了两声,起身跟上。

龙宫后花园很大,有一条颇具艺术气息的长廊,长廊上有十二根石柱。

玉霁上人跟潋川仙子并肩走了很久,潋川仙子很紧张,始终脸颊绯红地低着头,师兄这个呆子,还知道害羞了。

不知走了多久,玉霁忽然停下脚步,瞥了一眼站在不远处偷窥的苏慕水,将一片树叶塞到了她手中,认真地凝视着她的双眼:"我想说的话,都在里面。"

玉霁走了,潋川拿着树叶站在原地发怔,龙王见状,一脸期待地走来:"怎么样?玉霁说了什么?"

"他说他想说的话都在这里。"潋川呆呆地看着树叶。

龙王皱眉沉思了一会儿,忽然面露惊恐状捂住了嘴:"哎呀,

玉霁这是想表达他心如枯叶啊!"

澈川将手中的枯叶碾得粉碎,伤心离去。

"哎哎,好好的怎么哭了?"苏慕水皱眉走来。

龙王拿出手绢擦了擦眼睛,缓缓摇头:"自古多情空余恨,你就别问了。"

若不是小顺子提起,白灵珠似乎从未留意过仙桃山三十六座山峰中还有一座不分四季的山峰,它正是第三十六峰,也是最危险最神秘的山峰,因为地形陡峭险峻,就连仙桃村的村民都很少去。

令人称奇的是,三十六峰上生长的都是四季常青的植物,无论何时,它们永远保持着郁郁葱葱,无论夏日炎热的阳光还是冬季皑皑的白雪,从未遮住过那碧玉般的光彩。

夜半三更,两个瘦小的身影缓缓行进在蜿蜒的山路上,这样的场景对两人来说很是熟悉,但每次走上的道路却都各有不同。

他们没有惊动刑天厄,在听说了白灵珠的推测后,林啸风立即忘记了疲惫,选择马上启程,等到天亮时无论有没有人发现他们不见,都已经无力再阻挡了。

随着离三十六峰越来越近,就连木板上的树叶都变得清晰起来,倘若它真的是生辰塔上的树叶,那么它现在的状态很不好,一棵原本应该四季常青的树正在枯萎,只能证明它生病了。

三十六峰的小道并非人工开凿,而是自然形成,狭窄的石道凸立在崖壁上,只可供一人走过,稍有不慎,便会落入脚下的万丈深渊,白灵珠几乎只要朝下看一眼便已头晕目眩双腿打战,即使化作原形,也能感觉到那圆滚滚的身子正在瑟瑟发抖。

林啸风弯腰将白灵珠抱在怀里,深吸一口气,抬脚走上了那凶险万分的窄道,他相信越是凶险的地方越会出现奇迹。

当最后一只脚踏上缓坡,两个人紧绷的神经总算松懈了下来,放下白灵珠,回头再看那条窄道,就连林啸风都有些后怕。

第九章 这棵树，是在笑吗

三十六峰虽然凶险，但说大不大，说小也不小，要在这成千上万棵树中找一棵树，难度不亚于之前寻找流光水潭。

"走，我们去西坡。"白灵珠自信满满地朝西边的树林走去。

"为什么？"

"因为清晨的第一缕阳光无论对植物的生长还是灵气的修炼都是至关重要的，比其他时辰的光照效果要臻纯百倍，如果我是玉雾上人，生辰塔又恰好是一棵树的话，我一定会选择将它种在西坡。"白灵珠一脸正经地解释着，随后指了指远处的仙桃山主峰，"而西坡恰好与主峰相对，面朝的正是潋川仙子洞邸的位置，二者遥遥对应，对潋川仙子的修为也大有益处，所以我猜，生辰塔就在流光水潭的正对面。"

林啸风却从没想过她也有这般聪颖明智的时候，这还是他认识的那只好吃懒做偷钱包的小猪精吗？如果说之前一直是他在迷雾中摸索方向的话，那么她现在无疑已经成为一盏为他照亮道路的明灯。

三十六峰西坡有一片蜿蜒数里的常青树林，枝干粗糙，即使是深秋仍然枝叶繁茂，令人激动的是树上的叶子与潋川仙子亲手刻下的树叶形状别无二般。

两个人花了一上午的时间在树林中寻找，终于在正午时分发现了一棵与其他树都不同的正在枯萎的树。它的枝干似乎比其他树要粗壮，但树叶却枯黄得厉害，地上已经落了一层完全变黄的树叶，一阵风吹来，它无力地摇晃了几下枝叶又恢复了沉寂，似乎很是沮丧。

白灵珠弯腰拾起一片枯叶，抬头好奇地仰望着这棵树，继而跟林啸风面面相觑，莫非就是它了？

"树兄，请问你是亥猪生肖将的生辰塔吗？"白灵珠绕着大树

走了一圈问。

一棵树显然是不会说话的,看样子它病得厉害。

林啸风走近那棵树,看着那干枯的树皮皱起了眉头,这也许跟魔族意图扰乱人间有关,不只是亥猪,其余生肖都或多或少地受到了影响。

"树兄,我是上天选中的亥猪守护兽,专程赶来救你的,你到底是哪里不舒服啊?"白灵珠小心地摸了摸树皮,大树仍然没有回应,只有两片枯叶轻飘飘地落下。

正午时分艳阳高照,二人坐在树下阴凉处歇息,谁都没再说话,他们找了一路生辰塔,幻想了无数次它的模样,然而如今真正站在它面前,反而手足无措。

林啸风喝了口水,神情忽然警觉起来,直直地看着主峰的方向。

"有很多人正在朝这里赶来,听脚步声不像村民。"林啸风严肃道,那棵大树似乎也察觉到了危险的到来,竟然有些畏缩地收敛了部分枝叶。

白灵珠闻言跳到一处山丘上二话不说化作原形,聚精会神地朝远处瞭望:"那是……刑天厄带领的魔族大军!还有……"

白灵珠说到一半已经脸色苍白,一脸的不可置信,林啸风察觉到不对上前两步:"还有什么?"

"还有谢淮和谢乔……"白灵珠声音很低,已经不想再继续说下去,他们为什么跟刑天厄在一起?她不愿深想。

"他们是冲着生辰塔来的。"林啸风见白灵珠难过,索性岔开了话题,即使是晚上出行,两个人也见到了不少采药晚归的村民,一路打听,得知他们的去向并不难。

魔族大军很快赶到,将三十六峰包围得水泄不通,刑天厄换上

了一身黑金精钢战甲，银发如雪，谢淮和谢乔则穿着黑衣分别站在他的两侧，与之前良家弟子的模样大相径庭，三十六峰易守难攻，即使是魔族也被那危险的石道吓住，不敢轻易上前。

"好孩子，果真是有几分本事。"刑天厄赞扬道，"好像每次我不在，你们都会给我惊喜。"

白灵珠十分讨厌他那狂妄得意的样子，她看向站在他身边的谢乔，谢乔咬了咬嘴唇，将头别到了一边。

眼见魔族的包围圈越来越小，等刑天厄的耐心真正用完的时候，他必定会不惜一切代价也要冲上来。

他绕着树走了一圈又一圈，仍然毫无所获，浇水、除虫、清扫落叶，他们几乎想尽了一切能够取悦一棵树的办法，只是无论二人多么卖力，这棵树仍旧高傲地矗立，丝毫不为所动。

"唉……看来我们要栽在这里了。"白灵珠气喘吁吁地坐在水桶边，看着正在尝试攻上山的魔族大军发出一声叹息，也许她并不是最合适的守护兽，一只没见过世面只会坑蒙拐骗的小猪精，怎么能担起拯救天下的大任？

林啸风躺在不远处的草坪上一言不发，他太累了，此刻听着白灵珠的叹息颓然闭上了眼，他不愿认输，不愿放弃，但事实总是让人无奈。

在最危急的时刻，两个人反而淡定了起来，天色逐渐变暗，白灵珠坐在石头上摇晃着双腿，欣赏着黄昏下的仙桃山，嘴角微微扬起："无论从哪里看仙桃山，它都很美，最后关头没能保护好你，对不起。"

　　从第一次跑出山洞，第一次吃到鲜笋，第一次化作人形，第一次出现在村民面前，回想着在仙桃山成长的一幕幕，白灵珠的眼眶有些湿润，也就是在这么抒情伤感的时刻，也许是小虫子爬到了身上，她的后背忽然一阵瘙痒，她尝试着伸手去挠，却始终无法够到，回头看看正紧闭双眼浅寐的林啸风，白灵珠还是决定自己想办法。

　　片刻后，一只圆滚滚的粉色小猪从石头上蹦下，飞快地跑到那棵枯树旁蹭起了痒，满足之情溢于言表。

　　"呃……舒服舒服。"

　　白灵珠闭着眼睛来回扭动着腰肢，丝毫没有注意到头顶上方原本萎靡的枯枝正在重新舒展枝叶，一道道绿光自树顶上方冒出，穿过云霭直冲天际，方圆百里均可看到这一奇观。

　　林啸风仿佛察觉到了什么，原本紧闭的双眼蓦然睁开，看着白灵珠的方向一动不动，此刻白灵珠已经蹭痒完毕，正站在树下打盹，对自己所创造的异象丝毫没有察觉。

　　"继续蹭。"

　　白灵珠回头一愣，"什么？"

　　"继续你刚刚的动作。"

　　林啸风示意她抬头，白灵珠无意向上一瞥瞬间怔住，这还是那棵奄奄一息精神萎靡的树吗？怎么蹭个痒的工夫它就舒枝展叶了呢？虽然树叶的根部仍有些枯萎，但此刻它的外表看上去已经与周边正常的树木无二。

　　"这棵树……怕痒？"白灵珠又蹭了几下，明明无风，它却枝干轻晃，叶子更加翠绿了几分，摩擦间沙沙作响。

　　"它好像在笑啊。"白灵珠大为惊奇，于是更加卖力地用自己圆滚滚的身子蹭树干："树兄，你看我够不够格当亥猪的守护兽

啊？你要是觉得可以，就落片叶子下来，我就停下。"

话音刚落，一片翠绿的叶子悠然飘落到白灵珠的面前，白灵珠拾起叶子冲林啸风扬了扬，得意地眨了眨眼。

林啸风同样报以一笑，只是还没来得及说话，便听到山下传来一阵躁动，刑天厄带来的魔族大军已经燃起了火把，正站在三十六峰的石道旁跃跃欲试，甚至有几名胆大的魔军尝试着走了上去，身后魔众紧随其后，远远看去，长长的火把连成了一条红线，如果不加以阻止，它很快就会烧到这里。

"刑天厄不会这么快就知道了吧？"白灵珠感到难以置信。

林啸风点头，的确，刚刚那道绿光如此奇异夺目，就连他闭着眼睛都能感受到，更何况尚在不远处的魔族大军呢？

"得想办法阻止他们，不然他们很快就要过来了。"白灵珠脸色有些苍白，一只手扶在树干上以作安抚，生辰塔察觉到了危险的逼近，枝叶瞬间变成了枯萎的状态，畏惧地缩成了一团。

"林啸风你不是会画符吗？像对付小青小红他们一样，把他们定住！"白灵珠出言提醒，这也是她目前能想到的唯一办法了。

林啸风迟疑了一下，缓缓点头，包裹里的朱砂和符纸所剩无几，他很快便画好一张，轻轻念了符咒，那符纸便朝着为首的魔族士兵飞去，将他定在原地无法动弹，挡住了身后所有魔族的路。

"太好了！"白灵珠舒了口气，林啸风聚精会神地看着那火把。

天越来越黑，身后不知道传来了怎样的命令，紧接着，为首举着火把的魔族士兵身子一歪，便径直掉下了悬崖。

"他们把他推下去了!一定是刑天厄下的命令!"白灵珠惊讶地后退两步,果然是善良限制了她的想象力吗?这么一来定身符毫无疑问没有用了,他们一定会凭借人数的优势将他们消耗殆尽。

林啸风一言不发,只是冷静地画着符纸,一个又一个的魔族士兵被定身,又一个接一个地掉下悬崖。不过这个举动干扰了魔族的逼近,多多少少起到了一些阻拦的作用,等到林啸风将手中最后一张定身符纸飞出去时,远方的天空已经泛起了鱼肚白,天马上就要亮了。

回头看看站在生辰塔旁边的白灵珠,林啸风毅然抽出木剑做出了防御的姿势,魔族似乎料到他已经无计可施,狂喜地加快了脚步,推搡之间又掉下去好几个,但大部队仍然前进着。

就在林啸风决意上前与他们亲手交锋之际,一袭蓝影仿佛从天而降般落到了他身前,在他还未反应过来之际,那头发花白的蓝衣老者已然双手支撑着石道,一股厚力自周身汇聚至手掌,迸裂出一道道红光,整座三十六峰都摇晃不已,紧接着只听得一阵惊呼,那石路竟然被老者以内力硬生生断成了两半!

一道深不可测的悬崖出现在魔界大军和三十六峰之间,任何人都无法逾越。

"师父!"林啸风看着那苍老的身影,声音激动得有些发抖,"您怎么来了?"

"我想见到自己的徒儿,就会见到自己的徒儿。"乘风子笑眯眯地转过身,鹤发鬓霜,一派正气,他先看了看林啸风,又将目光放在了白灵珠身上:"你就是亥猪的守护兽?"

白灵珠一愣,反应过来后连忙作揖:"晚辈白灵珠,参见乘风子前辈!"

乘风子看着白灵珠微微一笑:"不错不错。"随后身子陡然僵

第九章 这棵树，是在笑吗

硬，直直地向后倒去，林啸风惊呼一声连忙去扶，这才发现乘风子双手布满了鲜血。

"师父他刚刚……散功了。"林啸风噙着泪说，"刚刚断石道那一掌耗尽了他毕生的功力，现在已经与普通人无异。"

白灵珠看着倒在林啸风怀里奄奄一息的乘风子前辈，也是红了眼眶，她没想到乘风子为了保护他们愿意做到这种地步，用自己毕生的功力换来了他们短暂的平安。

"前辈，您好好休息，剩下的交给我们。"白灵珠单膝跪地，半蹲在他身边轻言，一脸的坚毅决绝。

不远处的地平线上，太阳正缓缓升起，阳光均匀地洒在仙桃山每一座山峰上，将景色渲染得壮美瑰丽，每一棵树，每一朵花，每一条溪都安静得异常，刑天厄正骑着战驹隔着悬崖一脸惊愕地看着那忽然冒出来的蓝衣道人，神情复杂。

因为断崖的阻拦，将三十六峰彻底与外界隔绝，看着脚下的茫茫云海，刑天厄很快下了撤退的命令。

魔军撤了，仙桃山恢复了暂时的安宁，三十六峰郁郁葱葱，周围是缭绕的云川雾海，将外界完全隔绝。

白灵珠坐在生辰塔下眺望着远方的仙桃山，眼中尽是迷沱，虽然当初是受了林啸风的诱惑，但事到如今，她一点儿也不后悔自己的决定，与其当一辈子坑蒙拐骗的猪精，还不如搏一次，成为世人敬仰的女侠。

附近传来一阵悠扬的笛声，林啸风正坐在一块凸起的山石上吹笛子，微风撩起他的衣袂和发梢，却没能抚平他紧皱的额头。好不容易才找到生辰塔，奈何却要面对更多无解的谜团，昏迷不醒的师父、消息灵通的魔族大军、刑天厄迷之自信的笑容，以及跟在他身边的谢淮谢乔兄妹……脑海忆及之处，皆是乌云密布。

不过,幸而有她在。

林啸风清楚地知道魔界绝不会善罢甘休,刑天厄很快便会重整旗鼓卷土重来,而他们,要在他到来之前修复已经受损的生辰塔,魔界的第一次进攻已经让师父失去了毕生功力,那么下次呢?

"灵珠,你饿了没?"

白灵珠诧异地回头,正看到林啸风拿着一个青果站在不远处看着她。

"吃饱后要继续打起精神了。"林啸风将果子朝她抛去,眼神无比柔和,"我们的任务还没有结束呢。"

白灵珠准确无误地接过果子咬了一口,眼中满是坚毅,她知道三十六峰短暂的安宁只是暴风雨前的平静,为了仙桃山,为了人间,他们目前的努力还远远不够。

但是只要填饱肚子,一切都会好起来的。

仙桃山第三十六峰的西坡上有一棵与众不同的树，它茁壮茂密，枝干粗壮，比周围的树长势都要好。

它察觉到了自己的不同，其他树也察觉到了。

"大家都是四季常青的树，凭啥它就长得比咱们好呢？"

"你也不看看人家是什么地理位置。"

"咱们是树，别说话。"

即使没风，沙沙、沙沙的声音仍旧不停传来，那棵最强壮的树摇了摇枝叶："我们不一样，不一样，我体内有一股强大的力量。"

"好好说话，别唱歌。"不远处一棵树奋力摇了摇枝叶，发出巨大的摩擦声，"我早看你不顺眼了，等樵夫来了一定先砍你！"

樵夫迟迟没来，那棵最强壮的树却生病了，似乎有什么东西正在自它体内悄然流逝。起初大家看它精神萎靡是有些幸灾乐祸的，然而随着它彻底泛黄枯萎，其他树的心情似乎也不那么好了。

"有人来了，别真是樵夫吧！"

"大伙赶快把叶子展开，把它藏起来！"

无数叶子悄无声息地蔓延枝叶，努力遮挡住那棵正在枯萎的树。

来者是一男一女两个孩子，他们一来就在寻找着什么，最后站到了那枯萎的树面前，看到他们手中没拿斧子，众树也放松了警惕。

第二日，女孩变成了一只小猪跑到那棵树下蹭痒，它们亲眼

见到了那股神奇的力量，看到它起死回生，它们又打心眼里高兴起来。

"它活过来了，真神奇！"

"远处那群人是怎么回事？还拿着火，我最怕火了。"

"我们是树，别说话。"

一阵风吹来，林海中茂密的树叶又在沙沙作响。

——本季完——